1719

잠겨 있던 시간들에 대하여

핫 펠 트

안내문

1719는 제 삶에서 가장 어둡고 지독했던 3년 동안의
일들을 음악과 글로 풀어낸 묶음집입니다.
무거운 얘기는 부담스러운 분들, 우울한 얘기는 보고 싶지
않은 분들은 다시 책을 덮으셔도 좋습니다.

그럼에도 페이지를 넘기기로 결정하셨다면,
아래의 빈칸에 서명해 주시고,
부디 끝까지 함께 해주세요.

나 핫펠트와 _____ 은 이곳 1719에서 나눈
모든 이야기를 우리만의 비밀로 간직하겠다고 약속합니다.

20   년   월   일
이름 핫 펠 트 (   ). _____ (signature)

1719에 오신 것을 환영합니다.

01. Life Sucks

For the first time in my 29 years
Daddy sent me a letter
Never knew how wack his handwriting was
I guess I should've known better
That's why mine is so ugly too
That's why mine is so ugly too
For the first time in my 29 years
Daddy wrote me a letter

How's ur mom? How's ur sis?
I really miss ya, but u better not come here
I'm sorry, but don't u worry
Cuz I'm prayin' for ur health and future

Oh dear, sweetheart,
things have gone a little south
My girl, need ur help
Could u bail me out

Life sucks for everybody
(no need to cry no no no)
Life sucks for everybody
(act like no child no no no)
I'm just survivin' everyday
right at the edge of losing my mind
Life sucks for everybody
just let me find peace of mind

If only I could go back and tell myself,
"Don't u trust him, he already hurt u"
When u cried on ur knees, showing some regrets
wish I could've known better
People don't change so easily, nah
People can't change that easily
If only u meant all u told me that night,
but, guess I'd better blame myself

How's ur night? How's ur sleep?
Have u ever woken up by ur conscience?
Well I'm sorry, I've got no worries
All I have are wrath and disgust

One time, u said,
"Must obey or be cursed"
U were right, I am cursed
Running ur blood in my vein

Life sucks for everybody
(no need to cry no no no)
Life sucks for everybody
(act like no child no no no)
I'm just survivin' everyday
right at the edge of losing my mind
Life sucks for everybody
just let me find peace of mind

I might pull the trigger, u know
I might do it for good, u know
I might pull the trigger, for both of us
I might do it for all, you'll see

I might pull the trigger
I might do it for good, u know
Pull the trigger
Do it for all

나는 아빠가 죽어버렸으면 좋겠어

처음 이 생각을 한 건 아주 어릴 때의 일이다.

화정동 달빛마을 2단지에 살 때니까 초등학교 3, 4학년 때쯤인 것 같다. 음악이든 체육이든 그럭저럭 잘했지만 유독 못하던 것이 있었는데, 바로 그림이었다. 가만히 오래 앉아 있는 걸 싫어해서인지 지금도 그림과 글씨는 아주 젬병이다. 그래도 책을 읽는 건 좋아했다. 셰익스피어 4대 비극을 읽으며 울고, 오필리어가 된 양 비틀거리며 화단 위를 걸어 다니곤 했다.

스케치북과 크레파스가 주어지면 항상 똑같은 것을 그렸다. 우선 왼쪽 윗편에 태양을 그리고, 바로 밑에는 커다란 나무, 오른편에 벽돌집 하나, 바닥은 꽃과 나무로 채웠다. 하늘색 뭉게구름을 한두 개 더하고 나면 끝이었다.

그날의 그림도 비슷했다. 왼쪽에 태양과 나무, 오른쪽에 붉은 지붕의 집, 바닥엔 무성한 풀 그리고 나뭇가지에 매달린 남자. 유달리 긴 나뭇가지를 하나 그리고 밧줄에 남자를 매달았다. 그 입가와 목에 흘러나오는 피를 그렸다. 닮은 구석은 딱히 없었지만, 그 사람이었다.

울지도 않았고 특별히 화가 났던 것 같지도 않다. 그 전에 어떤 일이 있었는지도 기억이 나지 않는다.

열 살짜리 무의식은 그렇게 아버지를 내 손으로 죽였다.

잊고 있던 이 그림이 다시 떠오른 건 2017년 4월, 뉴저지의 우민 오빠 아파트에서였다. 곡 작업을 하다 지친 나는 습관처럼 인스타그램을 열었고, 디엠을 확인했고, 거기에 그녀가 있었다.

그녀는 나보다 두세 살 정도 어릴 것이다. 나를 언니라고 불렀다. 중학생 때 그를 알게 되었다고 했다. 부모님과 함께 성경캠프 같은 것에 참여했던 것 같다. 그녀의 가족은 한동안 거기서 단체생활을 했다.

어느 날 한밤중에 그가 방에 들어와 그녀의 입을 막고 몸을 더듬었다. 아무에게도 말하지 말라고 했다. 그녀는 움직일 수 없었다. 무서웠다. 매일 밤 그가 나타날까 봐 두려움에 떨었다. 결국 그녀는 모든 사실을 부모님께 알리고 캠프를 나왔고, 그때의 기억은 그녀에게 씻을 수 없는 상처가 되었다.

그녀는 내가 티비에 나올 때마다 화면을 돌렸다. 자신을 유린한 사람의 딸이 티비에 나와서 웃고, 노래를 부르고

인기를 누리고 아무렇지 않게 행복하게 사는 것이 죽을
만큼 싫었다.

그녀는 그 이후 하나님을 만났다. 하나님이 자신을
사랑하신다는 것을 깨달았다고, 그래서 지금은 나를 위해
기도한다고 했다. 언니의 잘못이 아니니까 힘내라고 했다.

답장을 하지 못했다. 아무것도 할 수가 없었다. 어지럽고
역겹고 손발이 떨렸다. 죽여버리고 싶었다. 죽여야 했다.
죽였어야 했다. 머릿속에서 죽일 게 아니라 현실에서, 그가
자고 있을 때 칼로 찔렀어야 했다.

어린 시절 그렸던 그림이 선명하게 떠올랐다. 죽일 거야,
죽여버릴 거야 라는 말만 되뇌었다. 그를 찾아가 총으로
쏴 죽이고 싶었다. 그 사람은 죽어야 한다. 하지만 그는
구치소에 있고 나는 총을 가져갈 수 없다.

용서할 수 없다. 절대 그를 용서하지 않을 것이다.
죽어도, 용서하지 않을 것이다.

그가 내게서 들을 수 있는 말은 이것뿐이다.

나는 아빠가

죽어버렸으면 좋겠어

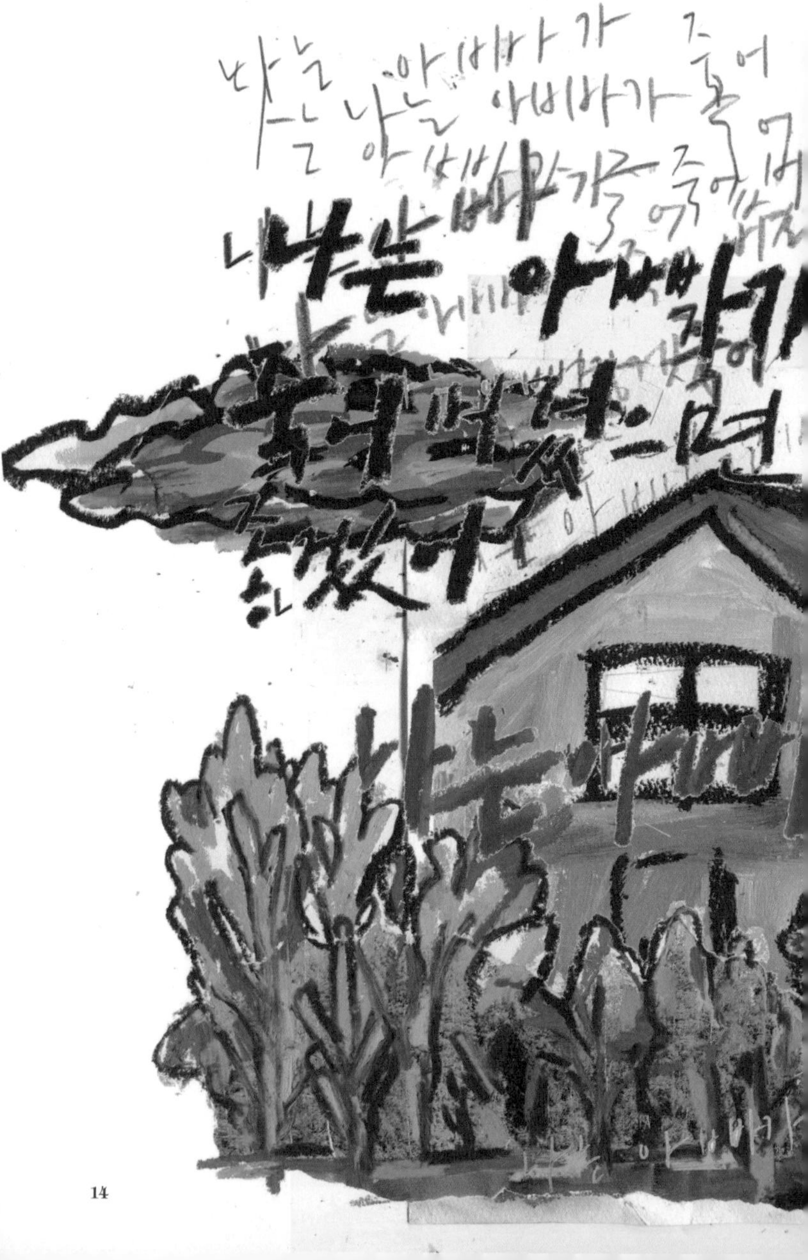
나는 아빠가
죽어버렸으면
좋겠어

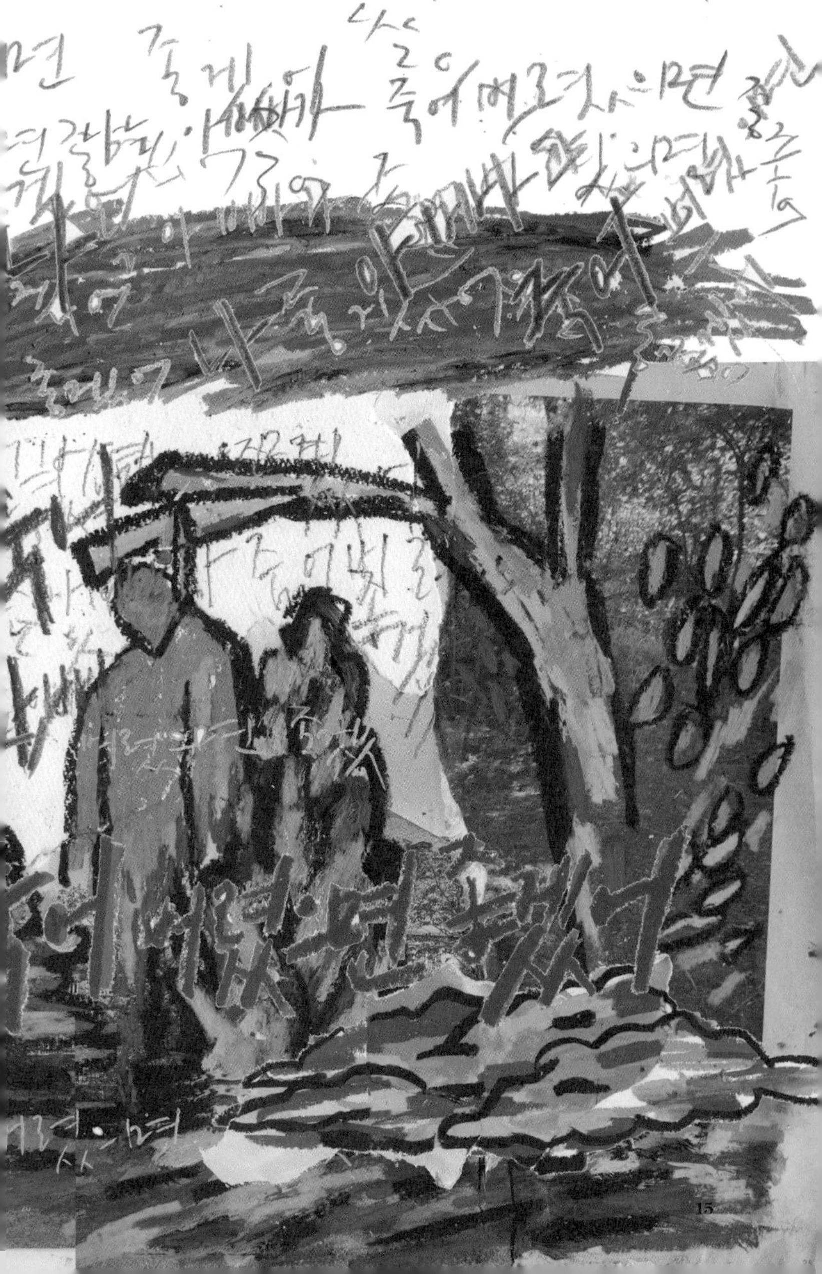

베란다

말보로 한 갑을 들고 베란다로 나갔다. 떨리는 손으로
담배에 불을 붙였다. 누군가를 죽이고 싶다는 생각은 곧
죽고 싶다는 생각으로 이어졌다. 어떤 게 더 쉽다 말할 순
없겠지만, 내게는 이 편이 훨씬 더 쉬웠다.

베란다 난간에 기대어 아래를 내려다보았다. 이대로
떨어지면 그대로 숨이 멎을 것 같은 높이. '죽고 싶다'
라는 건 생각이 아닌 감정이었다. 죽고 싶다, 죽고 싶다,
죽어버리고 싶다… 그 외에 어떤 것도 떠오르지 않는 감정.

우민 오빠는 이 아파트에서 사람이 떨어지는 걸 본 적이
있다. 검은 물체가 떨어질 땐 뭔지 잘 몰랐는데, 경찰차가
오고 나서 사람인 걸 알게 되었다.

오빠는 내가 여기서 뛰어내릴지도 모른다고 생각했다.
나가볼까, 혼자 둬야 할까, 방 안에서 안절부절못했다.
그 이후는 잘 기억이 나지 않는다.

나는 그 베란다에서 떨어지지 않았고, 아직 숨을 쉬고
있다. 어쩌면 그때, 조금은 죽은 걸지도 모르겠다.

02. 피어싱 (Piercing) (Feat. THAMA)

더는 생각할 가치도 없다고
끔찍하다고 느꼈어
꽤 오래 걸렸어 모든 게 이해되기까지
그런 말이 있대
한번 헤어졌던 연인은 결국엔 그 이유로
다시 헤어진다는 말
대수롭지 않게 여겼는데
기억하니 우리의 첫 번째 이별

너는 날 사랑해서
너무나 사랑해서
날 화나게 할 일들을 골라서
내가 너를 바라봐 주길 원했던 것 같아
아이처럼

나는 날 사랑해서
사랑이 두려워서
내가 그렇게 널 사랑하지 않는 걸 알면서도
곁에 두고 싶었던 것 같아
I needed your love
충분한 사랑을 주지 못해서 미안해
이제 그런 사랑을 해

이유를 몰랐어 너와 행복할 때도
널 떠올리면 느닷없이
눈물이 났어
나도 모르게 맘은
알고 있었나 봐 다가올 끝을
곪을 대로 곪은 피어싱을 빼내는 것처럼
견딜 수 있을 줄 알았는데
훨씬 더 아프네 무뎌지지가 않아

너는 날 사랑해서
너무나 사랑해서
날 화나게 할 일들을 골라서
내가 너를 바라봐 주길 원했던 것 같아
아이처럼

나는 날 사랑해서
사랑이 두려워서
내가 그렇게 널 사랑하지 않는 걸 알면서도
곁에 두고 싶었던 것 같아
I needed your love
충분한 사랑을 주지 못해서 미안해
hope you find someone who gives it to you
이제 그런 사랑을 해

나는 날 사랑해서
사랑이 두려워서
내가 그렇게 널 사랑하지 않는 걸 알면서도
곁에 두고 싶었던 것 같아
I needed your love

넌 내게 집이었고 날 숨길 수 있는 옷장이었고
내 나약함이 용서되는 유일한 이불 속이었어

버리지 마

"야, 이거 냉장고에 있는 우유 유통기한 오래
지났는데?"
"아 그거… 나 샤워할 때 쓸 거야 버리지 마."

"야, 이거 마스카라 다 굳어서 나오지도 않는다. 좀
버려!"
"아 그거 좀 됐어… 새거 사야지. 일단 버리지 마."

"야, 이거 이불 다 터졌잖아. 갖다 버려라 좀."
"이거 손님들 오면 덮어주면 돼. 아직 괜찮아."

나에게는 경중의 호더스 증후군(저장강박증)이 있다.

병이라고 생각한 적은 없었다. 어릴 때 정리정돈 하는
습관을 들이지 못해서, 그저 귀찮은 일을 싫어한다고만
생각했다. 개판 오 분 전인 우리집엔 나만의 평화와 룰이
있었지만, 방문하는 사람들에게는 바라보는 것만으로도
곤욕이었고 그중 몇몇은 나서서 정리를 도와주려 했다.

그때부터 문제가 시작된다. 누가 봐도 버려야 할
물건인데 나는 버리고 싶지 않았다. 나중에 버리겠다고

해놓고는 짧게는 3개월에서 1년이 지나도 그대로 두었다. 처박아놓고 잊어버리는 경우도 있었지만 대부분 보고도 지나쳤다. 한 번도 쓰지않은 새 물건들은 주변 사람들에게 잘도 나누어 주었는데, 한 번이라도 쓴 물건은 더 이상 아무런 쓸모가 없는데도 왜인지 버리질 못했다.

심각함을 느낀 건 우연히 접한 기사를 보고 나서였다. 호더스 증후군을 겪는 할머니의 이야기였다. 할머니의 집 상태는 과장을 좀 보태면 우리집 그 자체였다. 특히 서랍이나 수납장 안의 모습은 거의 비슷했다. 기사에서는 치매와 동반되는 경우가 많다고 했다.

치매. 검사를 받아본 적은 없지만 과거에 대한 기억이 다른 친구들에 비해 현저히 떨어지는 건 사실이다. 중고등학교 친구들을 만나 옛이야기를 하다 보면 전부 내가 모르는 일처럼 느껴져서 "내가 그랬어?" 하는 경우가 태반이었다. 학교 때 선생님, 반 친구들 이름은 거의 다 까먹었고 성인이 된 후의 기억도 정말 큰 사건이 아니면 거의 지워졌다. "너 진짜 치매 아니냐?" 하고 진지하게 묻는 친구들도 있었다.

정말로 치매 때문일까, 검색을 해보았다. 물건을 어디다 놓았는지 기억이 안 나는 건 단순 기억력의 문제고, 전혀 엉뚱한 곳에 놓았을 때 치매일 확률이 높다고 한다.

그렇다면 치매는 아니다.

어떤 연구 결과는 고통스러운 외상적 기억이 연관되어
있다고 했다. 유치원 때 기억이 났다. 어느 날 나는
옆반 남자애에게 사탕 목걸이를 선물 받았는데, 미국
여행에서 사온 것이라고 했다. 나는 그 친구와 거의
모르는 사이였음에도 불구하고 그 목걸이가 너무 좋아서
차고 다녔다. 발포 비타민 같은 사탕들이 줄로 연결된,
지금 생각해보면 금방 부서지고 말 목걸이였다. 며칠 뒤,
그 목걸이는 옆반 여자애가 잡아 당기면서 끊어졌고,
사탕은 바닥에 쏟아져 사방으로 흩어졌다. 나는 굴러가는
사탕들을 붙잡고 울었다. 이날의 기억 때문일지도 모른다.

또 다른 연구 결과는, 타인의 감정에 둔감해 의미 있는
관계 형성이 어려운 사람들이 사물에 강한 애착을
형성하는 것이라고 했다. 이쪽도 일리가 있었다. 나는
다른 친구들만큼 섬세하지가 못했다. 편지를 정성스럽게
써준다거나, 직접 만든 선물을 준다거나 하는 쪽엔 소질이
없었다. 대신 누군가 나에게 준 선물과 편지는 아무리
사소한 것이라 해도 버리지 못했다. 수업시간에 공책을
찢어서 써준 편지여도, 여름날 잠깐 쓰는 플라스틱 부채도
못 버렸다.

중3 생일 때 친구들 몇 명이 준 생일 선물이 있었다. 계란

한 판을 하얀색과 빨간색으로 색칠해서, 대문자로 "Y.E", 그러니까 내 이름의 이니셜을 새긴 것이었다. 그걸 만드는 데 꼬박 4~5시간이 걸렸다고 했다. 친구들의 시간과 정성이 담겨 있었다. 그날 밤, 선물을 본 엄마는 "그래, 예쁘네. 잘 봤으니까 사진 찍어놓고 이제 버려." 라고 했지만 나는 알겠다고 한 후 책상 책꽂이 맨 위에, 보이지 않는 곳에 올려두었다.

3주쯤 지났을까, 집 안에 썩은 내가 진동하기 시작했다. 1층에 살고 있었던 우리는 집 앞 하수구에서 나는 냄새가 올라오는 줄 알고 모든 창문을 닫았다. 여전히 냄새는 올라왔고 집은 너무 더웠기에 창문을 여네 마네로 매일 전쟁이었다. 그러던 어느 날, 학원에 갔다 집에 돌아오니 엄마랑 언니가 이제 집에서 하수구 냄새 안 난다고, 이유가 뭔지 아냐고 물었다. 당연히 몰랐다.

"너, 그 친구들이 준 선물 있지? 계란 한 판."

"응. 그게 왜?"

"그거 다 썩어서 구더기가 들끓고 있더라! 거기서 난 거야. 썩은 냄새. 큰일 날 뻔했어 아주."

"아 진짜? 몰랐네. 그래서 그거 어떻게 했어?"

"어떡하긴 뭘 어떡해 갖다 버렸지! 왜, 너 구더기 보고 싶어?"

"아니, 그건 아닌데. 잘했어."

"걔들은 뭐 이런 걸 선물로 줘가지구. 어휴, 이게 무슨 난리야."

나는 죄책감을 느꼈다. 친구들이 준 선물을 제대로 관리하지 못해서, 썩어버리게 했다는 생각이 들었다. 냉장고에 넣어 놨어야 했나, 본드를 발랐어야 했나, 여러 가지 생각이 들었지만 아마 별다른 방법은 없었을 것이다. 아직도 가족들은 가끔 구더기 사건을 꺼내며 나를 놀린다.

호더스 증후군을 겪는 사람들은 물건을 버릴 때 자신의 일부를 버리는 것 같은 고통이 느껴진다고 한다. 나도 그랬다. 나의 첫 이별, 그러니까 첫 남자친구와의 이별은 친구들 모두 이해할 수 없을 정도로 황당한 것이었다.

상황은 이랬다. 우리는 기념일이었는지 롯데월드에 다녀왔고, 지하철을 타고 구파발역에서 내려 다음 열차를 기다려야 했다. 웃고 떠들며 자판기에서 커피 두 잔을 뽑아 마셨고 나는 장난으로 다 마신 컵을 남자친구에게 주었다.

"선물이야."

"응? 뭐야~ 쓰레기잖아."

그는 아무렇지 않게 종이컵을 꾸겨서 쓰레기통에 버렸다.

순간 머리 끝까지 화가 났다. 지금 생각하면 무슨 말도
안 되는 감정인가 싶지만 그때의 나는 그랬다. 나를
쓰레기통에 버린 것처럼 느껴졌다. 나는 충격에서 헤어
나오지 못해 가는 내내 한마디도 하지 않았고, 그는 영문을
몰랐다. 그렇게 우리는 헤어졌다.

분명히 수명을 다했음에도 버리지 못하는 건 물건뿐만이
아니었다. 관계에 있어서도 그랬다. 반복적으로 같은
상처를 주는 사람들을 놓지 못했다. 그를 더 이상 사랑하지
않음에도, 버리지 못했다.

제때 버려지지 않은 관계들은 썩을 대로 썩어 구더기가
자랐다. 이제는 구더기로 덮인 내 자신을 버려야 한다.
제때 버리지 못한 나의 옛 조각들을, 아무것도 버리지
못하는 외로움을.

혜민이가 화장대 정리를 도와주겠다고 했다. 버리라고
하는 건 전부 두 눈을 질끈 감고 버렸다. 집 앞에 쓰레기
봉투를 놓고 나니, 뭘 버렸는지는 생각나지 않았다.

03. 새 신발 (I Wander) (Feat. 개코)

새 신발을 샀어요
어울리긴 해도 아직 어색해요
길이 들어야겠죠
걷기도 전에 뒤꿈치가 걱정돼요

어디로 갈지 어디로 데려갈지
두려움 반 설레임 반

이 오르막 다음에 내리막이라도
난 궁금한 것뿐이야

걷다가 멈추다가 뛰다가
서 있다 보면
언젠간 편해질 거야 익숙해질 거야
걷다가 멈추다가 뛰다가
서 있다 보면
언젠간 편해질 거야
오랜만에 새로 산 내 신발

어딘가로 떠나왔어요
같이 걷던 친구들은
지금 누구와 어디에
천천히 걸어야겠죠
없던 길도 길이 되게
끈을 조여 묶네

어디로 갈지 어디로 데려갈지
I wonder I wander
이 내리막 담엔 오르막이라서
숨을 고른 것뿐이야

걷다가 멈추다가 뛰다가
서 있다 보면
언젠간 편해질 거야 익숙해질 거야
걷다가 멈추다가 뛰다가
서 있다 보면
언젠간 편해질 거야

오랜만에 새로 산 내 신발

빌딩 사이로 새는
볕을 따라 이리저리 뛰었네
정신없이 살아 나의
그림자조차 지치게
오늘 하루 얼마나
일했나를 계산하다
또 중요한 걸 놓쳐
우린 얼마큼을 쉬었나
삶은 호의적이지 않았음을
증명했어 나의 운동화가
닳고 닳아 꺾어 신던
신발은 왜 버리지 못할까
위로 위로 위로 위로
이 도시에선 위로란 단언
오직 오름 앞에 수식어
내게 필요한 건 위로
대부분 슬픔엔 아무 가치도 없는 듯
행복에만 전부 베팅을 하네
나 역시 사람인가 봐 잠들기 전에
눈뜬 채 속된 의도로 기도하네
내일은 좀 화창했으면 해
빛이 좀 들게 새 신발이 가는 곳에

걷다가 멈추다가 뛰다가
서 있다 보면
언젠간 편해질 거야
익숙해질 거야

걷다가 멈추다가 뛰다가
서 있다 보면
언젠간 편해질 거야
오랜만에 새로 산 내 신발

4/26 am 10:25

뉴옥에 온 지 일주일 하고 하루.
첫 곡 피어싱, 두 번째 곡 위성, 세 번째 곡
Nu Day 를 끝내고 네번째곡 "우리가 되면"
작업중.
평소의 나 답지 않은 가사라서 스스로
놀랍고 어색하다. 이건 사전로 돌아간 것 같은
기분도 들고. 이번 앨범에서 가장 사랑스러운(?)
분내음이 나는 곡이 아닌가 싶다.
별애시기만 봄은 저멀리 사라지고 없겠지만.
위스키 한 잔에 커피를 넣어서 마셨더니
알딸딸하고 좋다.
비가 소심하게 내린다.
슬픈 곡을 하나 써야할 것 같다.

4/27   am 10: 44

뉴욕이 오면 생기는 가장 바람직한 않는
바른 생활 어른이 된다는 것이다.
한국에서의 생활이 워낙 밤낮이 바뀌어
있다보니 13시간 시차인 이곳에 오면 열두시에
졸리고 여섯시면 눈이 번쩍 뜨인다.
버티고 버텨서 세시까지 작업을 마치고 장이
들었지만 눈은 여전히 번쩍 뜨인다.
헤매한 지난 밤의 꿈을 곱씹으며 의미를 찾다가
배가 고파졌다.
근처 카페에서 슈퍼볼이라는 메뉴를 시켰다.
오트밀에 꿀, 사과, 호두, 바나나를 얹은 아침메뉴.
오트밀은 사랑이다.

All Day Home

4/28 Fri 01:46 am 목요일 같은 금요일.

다섯 번째 곡 "나라는 책" 작업중.
가사랑 멜로디는 거의 나왔고 편곡이 남았다.
자전적인 이야기이기 때문에 가사가 잔 잔단쉽면서도
당백하게 만드는 게 어렵다.
가사를 쓰면서 잊고 있었던 조각들이 이제
일인 마냥 수면위로 올라왔다.
나로 이해하기 힘든 내자산을 누군가에게 설명
하는 건 정말 어려운 일이다. 그가 알만큼
알고 싶은지, 어디까지 이해할 수 있는지 모르니까.
얘기해주고 싶었다. 궁금해 하는 것들에 답해주고
싶었다. 그는 묻지 않았다.
나에 대한 배려겠지. 좋은 사랑이니까.
제일 먼저 들려주고 싶기도, 절대로 듣지 않았으면
싶기도 한 뒤섞인 기분.
우선 완성한 뒤에 고민해야겠다.

4/30 Sun 21:29 pm

새로운 곡 " 샤워 " 작업 시작.
하우스에 재즈 코드를 얹어서 따듯하면서도
설레는 곡이 될 예정.
샤워할 때 들어 놓는 샤워가(?)가 될수 있어야
한텐데.
오늘 작업 짝꿍은 와인. Wolftrap 이라는
와인을 사왔다. 남아프리카에서 왔나보다.
늑대 아마가 너무 이쁜데 터특할까나?

04. 위로가 돼요 (Pluhmm)

왜 그렇게 친절해요
갓 내린 커피처럼 따듯해요
모든 말에 하나하나
어쩜 그렇게 전부 대답해 줘요

왜 자꾸만 웃어줘요
내가 다치지 않게 배려해요
아픈 날 왜 걱정해요
내가 과민반응하는 걸까요

혹시 말랑자두 좋아해요?
키우는 강아지 이름이 뭐예요?
보통 몇 시쯤 자요?
혹시 처음 본 사람과 밤을 보낸 적 있나요

알고 싶어져요 그대의 모든 걸
갖고 싶어져요 그대의 마음을
모르고 싶어요 그대는 아니라면
잠시만 그대로 있어줘

그댄 내게
위로가 돼요
Just give me yellow
Then I'll go

잠들기 전 그날 생각이 났다면
눈떴을 때 제일 먼저 하는 일이
어젯밤 잠든 이후의 문자에
답장을 하는 거라면

느껴봐요 생각을 멈추고
느낌을 따라봐요 머뭇거리지 마요
난 숨기고 싶지 않아요
사랑을 노래하고 싶어요

혹시 말랑자두 좋아해요?
키우는 강아지 이름이 뭐예요?
보통 몇 시쯤 자요?

혹시 처음 본 사람과 밤을 보낸 적 있나요

알고 싶어져요 그대의 모든 걸
갖고 싶어져요 그대의 마음을
모르고 싶어요 그대는 아니라면
잠시만 그대로 있어줘

Hey 이제 우리 그만 말 놓을까요?
그냥 예은아 하고 불러 괜찮아요
처음엔 다 그래요
누구나 다 두렵죠
But I'm a gryffindor girl 용기 낼게요 for u
Cuz you are my joel I'll be your clementine
함께 기차를 타고 (yeah)
몬타크 비치로 가요
Just give me yellow, yellow
I'll make it mellow jello
즐거울 거예요
Call it magic

지금 집 근천데 나올래요?
오늘 날씨가 너무 좋네요?
소고기 사주세요
커피 한잔 아니면 보리차라도 좋은데

알고 싶어져요 그대의 모든 걸
갖고 싶어져요 그대의 마음을
모르고 싶어요 그대는 아니라면
잠시만 그대로 있어줘

그댄 내게
위로가 돼요
Just give me yellow
Then I'll go

운명적인 위로

나는 사랑에 있어서는 강한 운명론자였다.

중1 때 만난 첫 남자친구는 누나가 둘 있는 막내였는데, 생일이 내 남동생과 같았다. 그의 둘째 누나는 나와 생일이 같았다. 그때는 그가 내 운명이라고 믿었다.

중3 때는 봉사활동에서 알게 된 대학생 오빠를 짝사랑했었는데 우연히 그 오빠를 두 번이나 마주쳤다. 그것도 7번 버스에서. 세 번째 마주치면 운명이라고 생각해서 그날이 오면 고백하리라 마음을 먹었지만- 우리는 일산 라페스타(번화가이자 일산인들의 만남의 장소)에서 세 번째로 마주쳤고, 그는 여자친구와 함께였다.

스무 살이 넘어 처음 만난 남자친구는 무신론자였다. 나는 그에게 크리스마스 선물로 좋아하는 성경 구절에 밑줄을 친 성경책을 선물했는데, 송구영신 예배(*12월 31일에 새해를 맞이하며 드리는 예배)에서 그를 위해 받은 말씀카드가 바로 내가 밑줄 친 그 구절이었다. 나는 또다시 운명을 믿었고 그 운명은 6개월을 넘기지 못했다.

더는 어설픈 우연을 믿고 싶지 않아진 나는 기도했다.

'내가 가장 좋아하는 성경구절- 빌립보서 4장 4-7절을
나에게 보내는 남자, 그 남자를 운명이라고
생각하겠습니다.'

일어날 확률이 굉장히 낮은 일이라고 생각했지만 그 일은
내가 기도한 뒤 3년 만에 일어났다. 이번에는 정말, 진짜,
나의 운명을 만난 거라 믿고 기뻐했지만 그는 1년 뒤 다른
여자와 결혼했다.

이쯤 되면 세상에 운명 따윈 없는 거라고 시니컬해질 법도
한데, 사람은 쉽게 변하지 않는다고 했던가. 5년간의 긴
연애가 끝나자 나는 다시 운명을 찾았고, 우연히 그를
만났다.

당시 나는 한 심리테스트에 빠져 있었는데, 과일로 하는
심리테스트였다. 상대방에게 사과, 포도, 배, 레몬 중에
나와 어울리는 과일을 골라달라고 하면 그 사람이 나에게
느끼는 호감을 알 수 있었다. 사과는 친구 같은 사람,
포도는 섹시한 사람, 배는 꼴도 보기 싫은 사람- 레몬은
이상형. 꽤나 정확한 테스트였다. 친구들은 어김없이
사과를 골랐고, 가벼운 만남을 원했던 남자들은 포도를,
함께하면 어색하고 불편한 남자들은 배를 골랐다. 레몬을
골라주는 남자는 별로 없었다.

그는 이 테스트에서 선택지에 없는 답을 고른 유일한
사람이었다. 자두. 말랑하고 상큼한 자두를 고른 것이다.
순간 내 자신이 특별하게 느껴졌다.

카톡 프로필에 이터널 선샤인의 두 주인공이 있는 남자.
해리포터를 사랑하고 신을 섬기는 남자. 화목한 집에서
자라 밝고 그늘이 없으며 바른 가치관을 가진 남자.

그는 내가 바란 모든 것이었고, 두말 할 것 없이 완벽한
소울메이트였다. 내 쪽에서는 그랬다.

그쪽에서는 아니었다. 그에게 모든 건 우연일 뿐이었다.
한두 번 본 내가 자신을 좋아한다는 걸 믿지 않았고,
서로를 알아가는 시간 – 그 속에 스며드는 감정을 원했다.
우리는 그렇게 서로를 이해하지 못하고 멀어졌다.

나는 그를 사랑했을까.

그때의 나는 사랑이 필요했다. 내 몸은 대량의 세로토닌을
필요로 했다. 그는 다정한 사람이었고 언제나 친절했으며
누군가에게 쉽게 상처 주는 사람이 아니었다. 그를 알고
지낸 두 달여의 시간 동안 내 몸은 지속적으로 도파민과
세로토닌을 분비했고 불안과 분노의 감정을 억제했다.

운명적 사랑은 아니었겠지만 운명적인 위로였다. 그가
없었다면 나는 훨씬 더 일찍 무너져 내렸을 테니.

고마웠어요, 당신의 존재만으로도.
내겐 큰 위로였어요.

05. 나란 책 (Guitar Ver.)

펼쳐 보여주고 싶어
꼭꼭 접어 숨겨놓은 마음이
자꾸 튀어나오려고 해
왜 이렇게 바보가 되는 거야
네 앞에 서면

그게 아니라 그러니까 좋아해
그게 다야 그렇지만
나란 앤 보기보다 복잡해서
읽어주면 좋을 텐데

모든 페이지를 다 펼쳐서
감춰 놓았던 상자를 열어서
여섯 살 동생이 태어나던 때와
열두 살 분노를 처음 배운 때와
열다섯 남겨졌다는 두려움과
그리고 열여덟 가슴 벅찼던 꿈
넌 무슨 얘길 할까

잠들지 마
읽어줘
고갤 돌리지 마
나를 봐줘

너에게 건네는 한 마디가
수백 가지 말 중에 고르고 골라서
수만 가지 맘들이 얽히고설켜
그나마 가장 그럴듯한 하나란 걸 알까

넌 열어보려고도
하지 않잖아 (나라는 책)
들여다보려고도
하지 않잖아 (나라는 책)
표지만 힐끗 볼 뿐이잖아
읽어주면 좋을 텐데

모든 페이지를 다 펼쳐서
감춰 놓았던 상자를 열어서

여섯 살 울고 있던 어린 엄마
열두 살 매일 뭔가 부서지던 집
열다섯 괜히 미웠던 아저씨
그리고 열여덟 멀게만 느껴졌던 꿈
넌 무슨 얘길 할까

안아 달라는 게 아니라
알아 달라는 것도 아냐 그냥
너무 가벼운 모습만 보여준 것 같아서
표현에 서툴러서
그래 I know I know I know
내가 참 괴상한 애라 어디로
튈지 몰라 불안한 공이라
던져버리고 다신 찾지 않을까 봐
겁이 나서 그래
스물한 살의 뉴욕, New York, New York
7, 엄마의 웨딩드레스
and 9 smoking & loveless nights

감춰 놓았던 상자를 열어서
열두 살 분노를 처음 배운 때와
열다섯 두려움과
가슴 벅찼던 꿈
넌 무슨 얘길 할까

잠들지 마
읽어줘
고갤 돌리지 마
나를 봐줘

6,12,15,18.

6

내 기억을 끝까지 되감아보면 첫 장면은 여기서 시작돼.
1994년 8월, 그러니까 내 동생이 태어났을 즈음. 나는
부여에 있는 할머니 댁에 맡겨져 있었고, 언니는 서울의
이모 집에 있었어.

동생이 태어났다는 소식을 듣고, 할머니와 함께 서울
집으로 올라왔는데, 거실 하얀 이불 위에 조그마한
아기가 누워있는 거야. 천사 같았어. 갓 태어난 아기가
가진 순수함은 고작 여섯 살인 나에게도 전달되는 어떤
에너지였던 거 같아.

나는 아기에게서 눈을 떼지 못했고, 엄마는 할머니와
주방으로 갔어. 거실과 주방은 일체형이었으니까, 한
2미터 정도 떨어져 앉은 거야 말하자면. 엄마는 울기
시작했어.

어제, 박 목사(엄마는 항상 아빠를 이렇게 불렀어)
죽이겠다고 한 남자가 식칼을 들고 찾아왔대. 어떤 집사의
남편인데, 박 목사랑 그 집사랑 둘이 차 안에 있는 걸
목격했나 봐. 박 목사는 그래, 찌를 테면 찔러보라고

소리치고 주변 사람들이 뜯어말리고 아수라장이 됐대.
어떡하면 좋으냐고, 엄마는 가슴을 부여잡고 한참을
울었어. 나는 울고 있는 엄마를 달래러 가지 않았는데,
아마도 엄마가 왜 우는지 몰라서 그랬던 거 같아. 대신
웃고 있는 아기의 손을 잡았어. '내가 널 지켜줄게' 하고
말이야.

12
열두 살의 나는 꽤나 어른스러웠어. 이미 150센티미터를
넘었고, 생리도 시작했고, 길을 걸으면 나이트 삐끼한테
명함을 받을 정도였으니 초등학생처럼 안 보였던 건
분명해. 어느 날 엄마는 나를 불러서 할 얘기가 있다고
했어.

아빠가 바람을 피웠대. 교회의 A 집사와, B 집사, C 성도.
그 외에도 무수히 많은 것 같대. 엄마가 그걸 어떻게
알았냐고 물으니 그 사람들이 울면서 엄마를 찾아왔대.
아빠의 수법은 늘 같았대. 처음엔 기도를 해준다고 따로
불러서 기도해주고 얘기를 들어주다가, 조용한 곳으로
가야 한다며 모텔로 데려갔대.

성령님이 말씀하시길 깨끗이 씻어야 한다고 화장실로
데려가 몸을 씻겼대. 싫다고 거부하면, 발기되지 않은

성기를 보여주며 나는 성욕이 없는 사람이고 이건
성령님이 시키시는 일이라고 했대. 같은 과정을 두세 번
반복하다가, 마지막엔 발기된 성기를 보여주며 말했대.

"내가 한 번도 이런 적이 없었는데, 널 사랑하는 것
같다."
라고.

엄마는 배신감과 치욕감에 온몸을 떨었고, 이번에는 나도
같이 울었어. 엄마에게 당장 이혼하라고 했어.

"너희들은 어떡하고…"
"엄마만 있으면 돼. 내가 돈 많이 벌어서 엄마
호강시켜줄게. 이혼해 엄마."

그때부터 천천히 엄마는 이혼 준비를 시작했어.

얼마 뒤 어버이날에, 나는 엄마에게 1 하나와 0이 12개
적힌 종이수표를 만들어 줬어. 엄마는 아직도 그 종이를
가지고 있어. "엄마한테 1조 주기로 한 거 잊지 마!"
하면서.

15

이혼은 도장을 찍고도 1년이 더 지나서야 끝이 났어.
서류에 도장을 찍고도 몇 번을, 아빠는 각서를 썼고. 거의
매일 싸우고 언니와 나는 달려가서 말리고, 욕하고 뺨을
맞고 그런 시간이 일 년 정도 이어졌던 것 같아. 우리끼리
일산으로 이사를 가고 난 후 아빠는 몇 번씩 찾아왔고,
엄마는 받아주지 않았어.

그렇게 나름대로, 전에 비하면 평온한 일상이 반복되던
열다섯 살 때. 남자친구와 집 앞 벤치에서 놀고 있다가
언니의 전화를 받았어.

"야, 아빠 결혼했대. 28살이랑."

언니의 목소리는 화가 나 있었고, 떨렸고, 서러웠어.
나도 서러워졌어. 아빠를 버린 건 우린데, 우리가 아빠를
버렸는데, 버림받은 기분이었어. 한 번도 아빠라고 생각해
본 적도, 제대로 아빠라고 부른 적도 몇 번 없었는데, 이제
진짜로 아빠가 없어졌어.

18

만약에 타임 머신이 있고, 과거의 어떤 지점으로 돌아갈 수
있다면 나는 이때로 돌아가고 싶어.

열여덟의 나는 위태로웠지만 순수했고, 묘한 확신이
있었거든. 기획사 연습생도 아닌 데다 오디션은 매번
떨어지고, 공부까지 때려쳐서 엄마와는 전쟁이었지만 –
매일 노래하고 춤추고 공연하고 – 꿈을 꾸는 것 자체가
즐거웠어.

사람들은 다들 안 될 거라고, 현실적으로 생각하라고,
이러다 인생 망치고 후회한다고 했지만 18세 예은이는
툭하면 울다가도 다시 노래하고, 다시 춤추고 처음 곡을
쓰기 시작했어.

모든 걸 포기하고 싶어졌을 때 내가 삶을 붙잡을 수 있었던
건 아마도 이 열여덟의 기억 때문일 거야.

모든 빼어지들 다 꽃처서
감춰오던 상처들 꺼내어
와서 상처를 안고 어린 없이
것는 우리들 등을 빛기 위해서진다
없다서 유랄이 미세서진다
그리고 기 런의 미세서진다

펼쳐 보여주고 싶어

여섯 살 동생이 태어나던 때의

06. Cigar

나는 가끔 피는 Cigar지 너에겐
외로움을 달랠 시간일 뿐이지
가끔 생각이 날 그뿐이지
몰래 몰래 찾을 그뿐이지

When I got so much love for ya
You got so many things to do, don't ya
정신없이 흘러가는 하루 속
뱉어내는 한 모금일 뿐이지

그거라도 되어 줄 수 있어 기뻐
애써 밝게 웃어
그거라도 되어 줄 수 있어 기뻐
But why can't you see?

넌 새까맣게 타들어가는 날 보지 못하지
허공으로 사라지는 날 보지 못하지
언제 그랬냐는 듯 꼭 모르는 사람 보듯 차갑게
시린 눈빛으로 돌아서
그렇게 날 버려두고 가지

사랑을 나누잔 말은 꽤 그럴듯해
그 순간은 널 다 가진 것 같은데
처음부터 사랑은 없다는 얘기지
아무도 모르는 불장난 그뿐이지

When I got so much love for ya
You go around and play some games, don't ya
연기처럼 뿌연 네 눈 속에서
난 착하고 예쁜 인형이지

아직 곁에 있어 줄 수 있어 기뻐
애써 밝게 웃어
너의 곁에 아직 내가 있어 기뻐
But why can't you see?

넌 새까맣게 타들어가는 날 보지 못하지
허공으로 사라지는 날 보지 못하지
언제 그랬냐는 듯 꼭 모르는 사람 보듯 차갑게
시린 눈빛으로 돌아서
그렇게 날 버려두고 가지

Can you imagine how I feel?
내가 얼마나 비참해지는지
넌 가고 없는 침대에 누워
울고 있는 내가 나도 우스워
I know love is a losing game
근데 널 잃는 건 상상도 못해 난
Can I be your rose sometime?
Can I be your moon sometime?

넌 새까맣게 타들어가는 날 보지 못하지
허공으로 사라지는 날 보지 못하지
언제 그랬냐는 듯 꼭 모르는 사람 보듯 차갑게
시린 눈빛으로 돌아서
그렇게 날 버려두고 가지

얼룩말

2017년 겨울, 1-2년쯤 못 보던 친구를 만났다. 그는
담배를 피우러 나온 나를 빤히 쳐다보다가 말했다.

"넌 내가 아는 모든 사람들 중에 가장 많이 변한 것
같아."
"엥? 내가? 난 똑같은 것 같은데."

조금 우스웠다. 나는 나 혼자 변하지 않은 것처럼
느껴졌기 때문이다. 주변 사람들이 결혼을 하고, 아이를
낳고, 직업을 바꿀 때 - 나만 제자리에서 쳇바퀴를
굴리는 것 같이 느껴지곤 했었다. 그 역시도 음악을 하던
사람이었지만, 몇 년 전부터 사업체를 만들어 운영하고
있었다.

"응… 너 달라졌어 많이."

하긴 그랬다. 그를 알게 된 7년 전의 나는 담배 근처에도
가지 않았고, 타투도 없었다. 2010년의 내가 지금의 나를
본다면 충격에서 헤어 나오지 못할지도 모른다. 그를
포함한 다른 이들은 변한 게 아니라 성장한 것이었고, 다음
단계로 넘어간 것이었다.

"그거 좋은 거야, 나쁜 거야?"

"좋은 거야. 훨씬 자연스러워 보여."

그의 말은 진심이었다.

"고마워. 우리 엄마는 나 땜에 많이 속상해하지만."

엄마는 가끔씩 집에 반찬을 주러 왔다. 언젠가부터 엄마는
집에 오기 전에 미리 연락을 했다. 방에 굴러다니는
담뱃갑이나 버려진 담배꽁초를 보고 싶지 않아서. 엄마는
종종 문제를 회피한다. 꿩이 사냥꾼 앞에서 눈을 가리듯,
본인에게 상처가 되는 어떤 것이 보이면 눈을 돌려버린다.
담배를 끊으라는 말을 차마 하지 못하는 엄마는 내게
뒤늦은 사춘기라고 했다.

"어릴 때가 좋았어. 그땐 참 착했는데. 엄마 말도 참
잘 듣고."

"내가? 무슨 소리야 엄마. 나 엄마 말 잘 들은 적
없을걸."

"어휴~ 그래도 지금보단 나아! 아주 엄마가 너만 보면
속이 썩는다 썩어."

등짝 한 대를 시원하게 때리고 엄마는 입을 닫았다.

돌아오는 차 안에서 고민했다. 그의 말처럼 나는 변한
걸까, 엄마의 말대로 사춘기인 걸까. 나는 나빠진 걸까,
원래는 착했었나, 딱히 그런 것 같지도 않았다.

문득 오래전 누군가가 해준 말이 떠올랐다.

　"나는 너를 알다가도 잘 모르겠어. 꼭 흰색과 검은색이
　물과 기름처럼 섞이지 않고 뒤섞여 있는 것 같아.
　대부분의 사람들은 어둡거나 밝은 회색처럼 살아가는데
　말이야."

순간 내 자신이 괴물처럼 느껴졌다. 가끔 내 안에 두 개의
자아가 존재한다는 생각을 해왔기 때문이다. 클럽에 가면
한쪽의 내가 취해서 비틀대는 나를 혐오했고, 교회에 가면
반대쪽의 내가 기도하는 나를 조롱했다. 둘 중 어떤 게
진짜 나인지 스스로도 분간하기 어려웠다.

나를 스치듯 본 사람들은 내가 무섭게 생겼다고 했다.
한두 번 대화를 해본 사람들은 밝고 털털하다고 했다.
나를 더 깊게 아는 사람들은 착한 척 그만하고 살라고
했다.

나는 이중적이고 모순된 사람이다. 매일 밤 기도하면서도
가끔씩 타로카드를 꺼낸다. 29년 동안 담배를

혐오해왔지만 지금은 골초다. 목사님 딸로 태어나서
범죄자의 딸이 되었다.

흰색과 검은색의 뚜렷한 경계. 아프리카에서 본 얼룩말이
떠올랐다.

얼룩말은 원래 하얬을까, 검었을까 궁금했다. 하얀 말이
검은 줄무늬를 갖게 된 걸까, 검은 말이 하얀 줄무늬를
갖게 된 걸까, 아니면 하얀 암컷과 검은 수컷 사이에서
태어난 걸까?

어쨌든 얼룩무늬를 가지고 태어났을 것이다. 검은 털을 다
뽑아내거나, 흰 털을 까맣게 물들이려 하진 않았을 것이다.

나도 그냥 얼룩말로 살기로 했다.

나의 밝음과 어두움이 만들어 내는 얼룩을 받아들이기로
했다. 온통 얼룩인 나를, 사랑하기로 했다.

07. Make Love

처음 보는 사람과 입을 맞추고
마음에도 없는 말을 주고받고
오래된 연인처럼 서로를 안고
끝이 뻔한 장난을 반복하는 건
사랑이죠 순간일 뿐이라도
채워지지 않는 마음
그 공허함

Make love, make love to me
전부 거짓이래도
Make love, make love to me
사랑하는 것처럼 해줘요
잠시라도 텅 빈 마음을 채워줘요
사랑받고 싶은 맘은 다 같을 거야

더 하얗게 붉게 화장을 하고
보지도 않을 시곌 손목에 차고
어쩌면 역할지 모를 향수를 뿌리고
내일이면 지울 번호를 주고받는 건
순간이죠 사랑은 아니라도
오늘을 견디게 할 만큼의 따스함

Make love, make love to me
전부 거짓이래도
Make love, make love to me
사랑하는 것처럼 해줘요
잠시라도 텅 빈 마음을 채워줘요
사랑받고 싶은 맘은 다 같을 거야

곧 모르는 사이가 될까요 우리
참 예뻤다고 기억해줘요 부디
달라졌을까 우리 서로의
닫힌 마음이 온통 할퀴어지지 않았다면

Make love, make love to me
전부 거짓이래도
Make love, make love to me
사랑하는 것처럼 해줘요
잠시라도 텅 빈 마음을 채워줘요
사랑받고 싶은 맘은 다 같을 거야

여기까지 해요

우리는 여기까지가 좋은 것 같아요
즐거웠고 때론 따뜻했고
행복이라는 감정에도 가까웠던 것 같아요
사랑이란 그 짧은 말은 참 설레게 해요
솔직함은 때론 꿈쩍도 하지 않는 벽이 돼요
우린 서로 참 많이 비슷해서
조금의 거짓말도 어려운가 봐요

우린 서로를 이해하고
대화하고
체온을 나누고
소중히 여기죠
언제나 거기까지죠

마지막 키스를 해요
처음 그때처럼
다른 말들은 마음속 깊이 묻고
두 팔로 나를 덮어줘요

사랑 노랠 만들고 싶었죠 그대와
누가 들어도 설렐 법한

끝이라 말하기엔 우스울까요

웃으며 그댈 보내고 난

텅 빈 소파에 앉아 소리 내어 울겠죠

08. Satellite (Feat. ASH ISLAND)

반짝이는 별들 속에서
깜빡이는 아일 본 적 있니
검은 구름 사이로
천천히 움직여 어디론가
길을 잃은 것 같아
나 여기 있다고 소리치는 아이
어디쯤 가고 있을까
두려워 마 I See U

satellite satellite
끝을 알 수 없는 긴긴 여정
불안해 어지러워 안간힘을 쓰지만
이 순간만큼은 빛을 낼 거야
shine brighter than the stars
but you're a star
you're a star, you're a star
you're a star to me

you're a star

지구는 돌고 그 옆엔
친구 하나가 있었네
이미 알겠지만
그 존잴 대부분 못본대

한번 물을게 너에게
겉으로만 돌았을 때
있냐고 앤 있다고
모름 제발 닥쳐줄래

알아 달란 건 아냐 baby
한번 생각은 했어 너 대신
누군가와 그 주변 사람이
똑같이 겪음 어땠을지

아니 그럼 안되지 sorry
밖엔 별이 막 내리던
날이야 그런데 웃긴 건

나까지 블라인드를 내렸어

이제는 알아가고 있어
네 숨이 다할 때까지 소리쳐
그럼 닿게 될 거야 you're a star
you're a star

satellite satellite
끝을 알 수 없는 긴긴 여정
불안해 어지러워 안간힘을 쓰지만
이 순간만큼은 빛을 낼 거야
shine brighter than the stars
but you're a star
you're a star, you're a star
you're a star to me

처음 그 빛을 잃지 마
twinkle, twinkle, little star
단지 넌 스스로 빛날 뿐야
넌 너만의 길을 가
and I'll be your satellite
and I'll be your

satellite satellite
끝을 알 수 없는 긴긴 여정
불안해 어지러워 안간힘을 쓰지만
이 순간만큼은 빛을 낼 거야
shine brighter than the stars
but you're a star
you're a star, you're a star
you're a star to me

가짜 별

청담동 집에는 디귿 자로 된 긴 테라스가 있었다. 가운데
자리에 테이블과 의자 두 개, 노란 파라솔을 두고 나니,
그곳은 우리가 가장 사랑하는 장소가 되었다. 블루투스
스피커, 태양광 조명등, 네 캔의 맥주와 과자 두 봉지면
천국이 따로 없었다. 우리는 서로의 연애사를 늘어놓으며
밤을 지새우기도 하고, 해 질 녘 붉게 물든 하늘을
배경으로 막춤을 추기도 했다.

그날, 우리는 별을 보았다. 유독 많은 별들이 반짝이는
밤이었다.

두이는 시력이 좋아 나보다 훨씬 더 많은 별을 보곤
했는데, 내 눈엔 전혀 보이지 않다가도 두이가 말해주고
나면 희미하던 별도 또렷해졌다.

　"언니 저기 큰 별 보이지, 제일 빛나는 별."
　"응, 보여."
　"그 바로 위에 왼쪽에, 조그만 별 보여?"
　"에? 저기 별이 있다고? 안 보이는데."
　"Look, right there! 쪼끄맣게 손 해서 봐봐."

그녀가 시키는 대로 주먹을 쥐고 조금만 벌려서
망원경처럼 들여다보니 큰 별에 가려져 있던 작은 별이
홀로 빛났다.

　"두이야, 근데 저 별 계속 깜박거리네."
　"Oh, that must be a satellite."
　"Satellite?"
　"응, 뭐지 한국말로… 위성? 인가?"
　"아, 인공위성."

　'가짜 별이구나 너.'

어쩐지 내 모습 같았다. 수많은 별들 속에서 별이 아닌
존재. 어떻게든 빛을 내고 있지만 언제 꺼질지 모르는
위태로운 존재. 언제까지 빛날 수 있을까 하는 생각에
한참을 빤히 바라보았다. 어째서인지 그 빛은 꺼질 생각을
하지 않았다. 마치, 나 보란 듯이.

별도 아니면서, 참 용케도 빛나고 있었다. 딱히 움직이지도
않고 그 자리에서 계속 깜빡이고 있었다.

　"저 안에 사람이 있나?"
　"I don't know… maybe?"

지킬 위 별 성. 별을 지키는 존재. 진짜 별은 아니지만 어느 별 못지않게 반짝이고 있었다.

그 밤, 그 별은 그렇게 나를 지켜주었다.

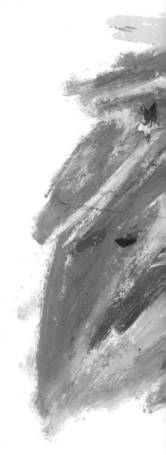

09. Sweet Sensation (Feat. SOLE)

아침에 일어나 보니
눈이 잘 안 떠져
밤새 울었는지
눈꺼풀이 달라붙었어
가득 붙은 눈곱을 떼고
거울을 보니
수척하네 어딘가

화장은 좀
지우고 잘걸
푸석해진 피부 좀 봐
내가 봐도 참 못났네
괜히 한숨이 나와
헝클어진 머릴 다시 묶고
이가 보이게 스마일

hey everything is gonna be alright
everything is gonna be just fine
nu day, nu sun, nu me
새롭게 시작하는 거야

get ready for sweet sensation
got no time for hesitation
a day of recreation
and it feels so good, so good
my sweet sensation

창문을 열어
아직은 서늘한 공기
음악을 좀 틀어볼까
get away by the internet
여기저기 늘어놓은 옷들은
전부 빨래통으로 직행
에스프레소 한 잔을 내리고
어제 남긴 피자를 데워 1분

hey everything is gonna be alright
everything is gonna be just fine
nu day, nu sun, nu me
새롭게 시작하는 거야

get ready for sweet sensation
got no time for hesitation
a day of recreation
and it feels so good, so good
my sweet sensation

새로운 해를 맞이할 시간이야
It's time to wake up
nu day, nu sun, nu me
완벽한 하루가 될 거야

get ready for sweet sensation
got no time for hesitation
a day of recreation
and it feels so good, so good
my sweet sensation

완벽한 하루가 될 거야

나의 하루는 엉망이었다. 해가 지고 나서 겨우 눈을 뜨고
졸음이 오면 아무 때나 잤다. 소파에서 의식주를 다
해결했는데, 옷은 거의 안 갈아입었고 먹는 건 하루에 한
번 시켜 먹었다.

혼자 자는 게 싫어져서 강아지들을 껴안고 잤다. 웬만하면
소파에 누워서 모든 걸 해결했으니까 나보다 강아지들이
더 많이 움직였을 것이다.

문제가 있다는 건 알고 있었다. 먹고 남은 음식들은
비닐봉투에 묶인 채 거실 바닥을 뒹굴었고, 씻질 않으니
얼굴에 뾰루지가 듬성듬성 올라왔다. 내일은 꼭 일어나서
씻어야지. 빨래를 돌려야지. 쓰레기를 갖다 버려야지
다짐했지만 눈뜨면 이미 저녁이었다.

일어나자, 일어나자, 속으로 수십 번 다짐했지만 몸은
까딱할 생각을 안 했다. 얼마나 움직이기 싫었냐면,
물 가지러 주방에 가는 게 싫어서 소파에 누워 울었다.
참 한심한 일이었다. 스스로가 한심해서 울었다. 그게
뭐라고, 3미터도 안 되는 주방에 가는 게 그렇게 싫었을까.

나를 겨우겨우 설득해서 주방에 가면 쌓여있는 설거지를
보고 울었다. 빨래를 보고 또 울었다. 음식을 먹다가
바닥에 쏟으면 휴지로 닦기가 싫어서 또 엉엉 울었다.
화장실에 갔다가 거울 속의 다크서클로 뒤덮인 몰골을
보고 또 울었다.

달라져야 했다. 뭔가 해야 했다.

어떡하지, 어떻게 해야 이 남들 다하는 일상적인 일들이
즐거워질 수 있지? 누워서 고민했다. '가수는 노래
따라간다'는 말이 떠올랐다. 당시 내가 작업하던 노래들은
전부 우울했다. 우울한 노래를 만들어서 더 우울해지나,
그럼 밝은 노래를 만들면 좀 나아질까 싶은 생각이 들었다.

나에게 필요한 건 어떤 대단한 사건도, 행운도 아니었고
그저 하루를 살아낼 힘이었다. 아침에 눈을 뜨고, 음악을
들으며 청소기를 돌리고, 빨래를 돌리면서 커피 한잔을
마실 수 있는 힘. 그 정도면 충분했다.

내가 바라는 완벽한 하루를 상상하며 가사를 적었다. 왠지
또 눈물이 났다. 이 노래가 어떤 마법을 부려주길 바랐다.
마법은 일어나지 않았다. 나는 다시 소파에 누웠고,
움직이는 것은 여전히 힘에 부쳤다. 많은 날 울었고 아무
때나 잠들었다.

2년이 지난 지금, 일주일에 한 번은 청소를 한다. 우는 날보다는 웃는 날이 더 많아졌다. 일주일에 한 번은, 내가 바라던 완벽한 하루를 보낸다.

어떤 마법은, 아주 천천히, 눈치채지 못하게 일어난다.

10. Solitude

무심코 고개를 돌리네
내 오른쪽은 항상 네 자리였는데
괜히 또 가슴이 욱신거리네
스스로 질문해 do u want somebody?
아니 난 혼자가 편해
지금은, 네가 없는 지금은
차라리 혼자가 편해

I'm singing in my solitude
to lonely moon
I'm singing in my solitude
to lonely moon

커다란 소파에 누워도
발끝에 한 칸이 남네
무릎을 당기고 웅크려봐도
(never warm enough)
나쁘진 않아 이대로도
when nobody truly understands
혼자가 편해 난
don't call me, I'm good 혼자가 편해

I'm singing in my solitude
to lonely moon
I'm singing in my solitude
to lonely moon

지끈 지끈대는 머리엔 약도 안 듣네
아픈 건지 슬픈 건지 도통 알 수 없네
Boy, wanna ask u one question,
is it karma for my actions
or do u feel the same?
10분 전처럼 선명해졌다가도 넌
어느새 전생처럼 아득해지네
Boy, was I just one of ur possessions
or did u feel the same?

I'm singing in my solitude
to lonely moon
I'm singing in my solitude
to lonely moon

a s—note.

슬픔이 나를 잠식한다.

수영을 할 줄 모르는 나는 그저 둥둥 떠 있을 수밖에 없다.

겨우 숨을 쉬다가도 다시 깊게 잠기고

발버둥칠 여력도 없는 나는 곧 떠올라 숨을 몰아쉰다.

하고 싶은 것이 아무것도 없다.

조금씩 죽어가고 있다는 생각이 든다.

아니 죽어가길 바라고 있는지도 모른다.

하루는 누군가 늘여 놓은 듯 길다가도

곧 어디로 간지 모를 월급처럼 사라지고 없다.

눈물이 겨울 외투에서 발견한 천 원짜리 지폐처럼

갑작스럽게 튀어나온다.

무뎌지고 둔해진 감정은 베이지도, 까지지도 않는다.

이미 늘어진 주름처럼 축 처져서는 원래 그랬다는 듯 푹 꺼져있다.

엄마가 밥은 먹었냐고 물었다.

언니는 가영이가 노래 부르는 동영상을 보냈다.

괜찮다고 말하고 싶다.

괜찮지가 않아서, 그러지 못했다.

소나기

2018년 9월 11일.
그녀는 내게 짧은 메세지를 보냈다.

　"예은아, 너만 괜찮으면 돼. 기운 내고.
　소나기도 결국은 지나간다."

나는 비 오는 것을 좋아했다. 비를 맞는 걸 좋아했다.
초등학교 때는 친구 두 명과 함께 비 맞는 모임을 만든
적도 있었다. 비가 오는 날이면 실내화 주머니를 뒤집어
쓰고 동네 문방구집까지 뛰어간 다음, 다시 전력질주해서
횡단보도 건너 떡볶이집에 갔다. 그때쯤이면 우리는 이미
홀딱 젖어 있었고, 서로의 물에 빠진 생쥐 꼴을 보고
깔깔거리며 떡볶이 접시를 비웠다.

우산을 챙겨 다닐 만큼 꼼꼼하지 못하고, 예상치 못한
소나기가 쏟아지는 날 우산을 쓰고 데리러 올 부모님이
없었던 우리들 나름의 극복 방식이었다.

그때의 추억 때문인지, 우산은커녕 가방도 들고 다니기
귀찮아하는 성격 탓인지 모르지만 다 커서도 종종 비를
맞았다. 뉴욕 길거리에서 이어폰으로 콜드플레이의

'lost'를 들으며 비를 맞았던 기억이 난다. 세상에 혼자 남겨진 기분이었지만 퍽 낭만적이었다. 우산 없이 비를 맞으며 걷는 사람들은 나 말고도 꽤 많았으므로.

2018년 가을에 쏟아진 소나기는, 온몸에 멍이 들 정도로 아팠다. 날카로운 수백 개의 바늘이 날아와 깊숙이 꽂혔다. 쏟아지는 비를 뚫고 나갈 자신이 없어진 나는 온몸을 웅크리고 그 자리에 주저앉았다.

모든 의지를 잃은 내게 그녀가 찾아왔다. 그녀의 삶에 찾아왔던 소나기 – 그 길고 지독했던 우기에 대해 덤덤히 말해 주었다.

그녀는 내게 심리 상담을 권했다. 한때 그녀를 덮쳤던 우울이 나를 집어삼키지 않기를 바랐다.

나의 우기는 한참 동안 지속되었지만 다행히도, 서른의 나에겐 우산이 생겼다.

그녀는 나의 우산이었다.

꿈

가끔씩 꿈을 꾼다
유리벽 너머로 소리치는 꿈을
목소리가 잘 나지 않는다
쉿소리만 희미하게 삐져나온다
벽을 내리치고 싶은데
주먹이 허공을 돈다
왜, 왜 그랬냐고 묻는데
그에게 닿지 않는다
메마른 목이 따끔거린다

여덟 개의 칼

솔직하면 부담스럽다 했다
숨기면 냄새가 난다고 했다
웃으면 뻔뻔하다 했다
울면 자기연민이라 했다
무심하면 차갑다 했다
분노하면 어리석다 했다
보이면 손가락질했다
안 보이면 비웃음을 샀다
행복하면 안 됐다
불행한 건 안 됐다

부 때문에 죽고 싶었다
모 때문에 살아야 했다

그리하여 나는
여덟 개의 칼을 바닥에 꽂고
손발을 묶었다

두 눈을 가렸다

수요일

매주 수요일, 오후 1시 45분.

꼬박 1년간 심리치료를 받았다.

6개월까지는 매번 울었다.

11. 3분만 (Feat. 최자)

are u sick of me
지겹고 역겹니
더는 눈도 마주치고 싶지 않을 만큼
지긋지긋해졌니
with all the fights we had
좋았던 기억들도 전부 다 밀어낼 만큼
나도 알아 내가 너라도 그럴 거야
나 같은 애 쳐다보기도 싫을 거야
다신 상처받고 싶지 않을 거야
다 내 잘못이야
이미 끝난 일이란 거 잘 알아
뒤돌아보지 않는 네 성격도 알아

but boy I just need one more chance
baby don't give up on me
I'm beggin'
baby don't give up on me
이렇게 나 빌게
네 노래란 걸 알잖아
기다리는 걸 알잖아
please don't, don't walk away

딱 3분만 내게 시간을 줄래 (I'm beggin')
딱 3분만 내게 기회를 줄래 (I'm tryin')
흔하고 뻔한 말이지만
널 향한 내 맘은 언제나 진심이야

텅빈 방 텅빈 마음 혼자서 보내는 텅빈 밤
바닥엔 구겨진 텅빈 can들 숙취로 버리는 텅빈 낮
텅빈 식도 텅빈 속 연거푸 나오는 텅빈 한숨
텅빈 귀로 새는 텅빈 위로 나 혼자서 헤매는 텅빈 미로
내 텅빈 품 너로만 차있던 텅빈 눈
너 없는 하루는 지독한 림보 혼자선 못 깨는 텅빈 꿈
떠난 건 너 너 하나뿐인데 지금 내게 남은 건 텅빈 껍질뿐
나 기다릴게 돌아와 줘 날 채울 수 있는 건 너일 뿐

baby don't give up on me
I'm beggin'
baby don't give up on me
이렇게 나 빌게
네 노래란 걸 알잖아
기다리는 걸 알잖아
please don't walk away

딱 3분만 내게 시간을 줄래 (I'm beggin')
딱 3분만 내게 기회를 줄래 (I'm tryin')
흔하고 뻔한 말이지만
널 향한 내 맘은 언제나 진심이야

나 기다릴게 돌아와 줘
baby don't give up on me
I'm beggin'
날 채울 수 있는 건 너일 뿐
don't give up on me
I'm beggin'

3년

K 원장님과의 상담 시간은 내 인생에서 도저히 겪어본 적
없는 어떤 것이었다. 나는 그녀에 대해서 아는 게 없다.
이름, 전화번호, 그녀의 직업(당연하게도), 카톡 프로필로
미루어 짐작한 종교, 그 외에는 아무것도 모른다. 초반에는
은근슬쩍 물어봤지만 그녀는 번번이 웃으며 다시 화제를
내게 돌렸다.

  "이 시간은 예은 씨를 알아가는 시간이니까요."

그건 나에겐 아주 불편한 상황이었다. 나는 누군가를
만나면 항상 그 사람의 생일, 혈액형, 형제 관계 등의
기본적인 호구조사를 했다. '사람에 대한 호기심이 많아서'
라는 건 내 의식의 포장이었고 아마 무의식에선 '저 사람은
어떤 사람인지, 나에게 어떤 영향을 끼칠지' 예상하고자
하는, 일종의 방어본능이었다.

나는 그녀를 믿어도 될지 알 수 없었다. 믿을 수 없는
사람이라는 판단도 내릴 수 없었다. 어쨌든 그녀는 분명
강한 상대라는 것을 인식한 어느 시점에서 나는 그녀를
알아가기를 포기하고 내 얘기를 털어놓기로 했다.

그녀는 내가 말을 하지 않으면 함께 말을 하지 않았다. 때로는 5분 정도의 침묵이 이어지기도 했다. 그건 내게 절대 일어나선 안 될 방송사고와 같은 일이었다. 주어진 45분의 시간 중에 내가 70퍼센트에서 많게는 90퍼센트까지 혼자 말을 해야 했고, 이렇게까지 나 혼자 얘기하는 거라면 돈을 내고 상담을 받을 가치가 과연 있는 것인가 하는 생각이 들 때도 많았다.

내가 예상했던 심리 상담은 이런 게 아니었다. 뭔가 조언을 해준다거나, 나의 어떤 행동이나 감정을 분석해준다거나, 내가 가지고 있는 증상을 어떤 병명으로 정의해줄 줄 알았다. 답답할 뿐이었다.

나는 모든 일에는 해결방법이 있다고 믿었다. 잠이 안 오면 반신욕을 하고 따듯한 우유를 마신다든지, 스트레스를 받으면 매운 음식을 먹거나 복싱을 한다든지. 언제나 방법을 찾으려고 했고, 그녀가 내게 어떤 처방을 내려주길 바랐다. 하지만 그녀는 내게 무얼 하라거나, 무얼 하지 말라거나, 내게 이런 문제가 있다거나 – 혹은 뭔가를 잘했다거나 하는 어떤 말도 해주지 않았다. 동의의 표현은 "그랬군요." "그러게요." 정도였고 그 외에는 아주 단순한 질문들이었다.

"그때 예은 씨 마음은 어땠나요?"

"왜 그런 기분이 들었을까요?"
"그런 기분이 든 적이 그전에도 있었나요?"

내 마음이요?
"화가 났죠."

왜?
"그 사람이 잘못했으니까요."

그전에도 그런 기분이 든 적?
"그전에 다른 누군가가 잘못했을 때 그랬겠죠."

당연한 얘기였다. '무슨 질문이 이래' 라고 생각하며
차갑게 쏘아붙이고 나면 짧은 정적이 흘렀다. 그리고는
눈물이 쏟아졌다. 사실 그때 내 마음은 아팠다. 슬펐다.
불안했다. 버려질까 두려웠다. 그리곤 비슷한 감정을
느꼈었던, 잊고 있던 기억이 불현듯 떠올랐다. 이 정도는
괜찮아, 별거 아니야 하고 묻어두었던 조각들도 하나씩
끌어 올려졌다. 누구에게도 한 적 없는 이야기들을 잘
모르는 그녀 앞에서 쏟아내고 어린아이처럼 소리 내어
울었다.

"그건 예은 씨 잘못이 아니에요."

그녀가 유일하게 단언했던 말이다. 친구들과 가족,
인스타그램에 달린 댓글에서도 들은 얘기였지만 어쩐지
나는 그 말을 들을 때마다 '사실은 니 잘못도 조금은 있어'
라고 들리곤 했었다. 하지만 그녀의 말은 달랐다. 정확히
말하면 내게 다르게 느껴졌다. 그녀는 나와는 아무런
관계가 없는 남남이었고 그 말에는 어떤 의도가 느껴지지
않았다.

"그러니까 힘내" 라거나, "그러니까 당당해져" 라거나,
"그러니까 그만 울고 정신 차려" 라는, 위로도 조언도
충고도 아닌. 사실이었다. 내 잘못이 아니었다.

6개월쯤 지나자 '수요일 1시 45분'은 일주일 중 가장
기다려지는 시간이 되었다. 무슨 일이 생기면 '이거 상담
시간에 말해야지' 하고 속으로 되뇌이고, 상담 전날엔
괜시리 집을 청소하기도 했다. 나는 조금씩 나아지고
있었다. 그즈음 그녀가 물었다.

"일은 어때요?"

큰일이다.

완전히 숨어버리고 싶었다. 내 인생에서 가장 중요한
부분인데도 나는 한 번도 일에 대해 언급하지 않았다.

그녀는 언제나 내가 하고 싶은 이야기를 들었고, 나는 이 주제를 차일피일 뒤로 미루고 있었다.

사실 모두에게 그랬다. 누군가 요즘 작업은 하고 있냐고 물으면 적당히 하고 있다고 둘러댔다. 발코 언니가 물으면 "할 거야, 해야지." 하고 말았다. 전혀 상관없는 사람이 물으면 "아니요, 그냥 놀아요. 백수예요." 하고 웃어넘겼다.

심각하다는 건 알고 있었다. 작업을 해야 한다는 부담감 때문인지 꿈속에서 새로운 노래를 부른 적도 있고(물론 깨고 나면 노래는 기억이 안 났다), 꽤 자주 꾼 악몽 속에서는 뮤지컬 무대에 올라가기 1시간 전인데 나만 악보가 없었다. 끔찍했다.

그런데도 작업은 도무지 손에 잡히질 않았다. 집에 있는 작업실에 내려가는 게 힘겨웠고 쳐다보는 것조차 싫었다. 겨우 몸을 일으켜 작업실 의자에 앉아도 머릿속이 백지였다. 뭐라도 해보자 하고 만들다 보면 전부 쓰레기 같았다.

"저 음악 그만두고 싶은 것 같아요."

12년 동안 단 한 번도, 그 누구에게도 심지어 나

자신에게도 해본 적 없는 말이었다.

"왜 그런 생각이 들었을까요?"

"모르겠어요. 최근 1년 동안 아무것도 못 만들었어요.
음악 듣는 것도 싫고 그래요. 제가 뭐든 빨리 질리고
흥미를 잃어버리는 성격인데 10년이 넘어가니까, 이제
질린 거 같기도 해요."

그녀는 잠시 고민하는 듯했다.

"음악이 싫어진 걸까요, 아니면 다른 이유가 있을까요?"
"음… 제가 만든 음악을 사람들이 안 좋아해요."
"사람들이라면 어떤 사람들을 말하는 걸까요?"
"그냥 대중들이요. 회사에서도 내키지 않아 하는 것
같고. 저한테 재능이 없는 것 같아요."
"그럼 예은 씨는 어떤가요, 예은 씨가 만든 음악을
좋아하나요?"
"좋아하죠. 제 얘기니까. 가끔 꺼내서 듣고 눈물이 날
때도 있고. 저한테는 자식 같은 존재예요."

그녀는 또 말이 없었다.

"근데 저만 좋다고 할 수 있는 일이 아니잖아요.

저는 남한테 피해 주는 게 너무 싫은데, 제 존재가
그런 거 같아요. 어쨌든 회사는 돈을 벌어야 하는데,
제 거 하면서 계속 마이너스니까. 그래서 대중적인
거 만들려고 애를 써봐도, 그것도 잘 안 돼요. 제가
좋아하는 걸 만들면 회사에서도 안 좋아할 거 같고,
대중들도 안 좋아할 거 같고. 그래서 하다 막혀요.
누군가 들어주지 않으면 의미가 없잖아요.

그런데… 그만둘 수도 없어요. 계약 기간이 3년이나
남았고, 회사에 빚도 갚아야 하고. 제가 이걸 다 갚을 수
있는 길은 음악밖에 없는데… 더 이상 음악을 할 자신이
없어요."

"음… 음악을 할 수 있는 시간이 3년밖에 남지 않았다고
한다면, 마음이 어떠실까요?"

음악을 할 수 있는 시간이 3년밖에 남지 않았다. 3년,
3년밖에 남지 않았다. 3년이 지나면 나는 다시는 음악을
할 수 없게 된다…

시야가 뿌옇게 흐려졌다. 목이 메었다. 아주 오래전부터
꿔왔던 꿈이었다. 유일하게 가져본 직업이었다. 무대
위에서 행복했던 순간들, 곡을 만들면서 느꼈던 수만
가지 감정들이 교차했다. 실연당한 사람처럼 눈물이 뚝뚝

떨어졌다. 심장이 아팠다.

나는 음악을 여전히 사랑하고 있었다.

12. Bluebird

바람은 내게 말했어 따뜻한 햇살 아래서
비바람을 견디고 나면 언젠가 꽃피울 거랬어
거기 굳게 멈춰 서서 뿌릴 내리고 좀 더 붉게 붉게
꽃피워 향기를 내면 언젠가 나비들이 찾아올 거랬어

웬일인지 난 자라지 않았고
봉오리는 맺히지 않았고
보이지 않는 등 뒤쪽이 이따금 따끔거렸어
보드라운 깃털이 돋아나서
제멋대로 움직이고는
귓가에 날아가 날아가 날아가 속삭였어

blue bird fly blue bird fly
blue bird fly blue bird fly
깊게 숨을 들이마시고
날아가 초록 바다 위로
스치는 바람에 움츠러들지 마
you are born to fly
blue bird fly blue bird fly

where to go 어디로 가야 할지 몰라
꽃밭 위를 빙글거리다
어설픈 날갯짓이 우스꽝스러울지 몰라
풀숲에 몸을 가리다
둘러보니 사실 아무도 내게 관심도 없더라고
why don't I go up higher 커다랗게 보이던 나무들이 작아 보여
up higher 멀게만 느껴지던 구름들이 따스해 보여
if I ever knew 조금만 일찍 알았더라면
나는 새로 태어났어

blue bird fly blue bird fly
blue bird fly blue bird fly
깊게 숨을 들이마시고
날아가 초록 바다 위로
스치는 바람에 움츠러들지 마
you are born to fly
blue bird fly blue bird fly

블루비 이야기

블루비는 어느 작은 마을의 비닐하우스에서 태어났어요.

어떻게 이곳으로 오게 되었는지는 아무도 몰라요.

나무에서 떨어져 흙 속에 묻혀 실려 왔을지 모르죠.

동전만 한 크기의 작은 알에서 깨어난 블루비가 처음 본
세상은 —

아름다웠어요. 각양각색의 꽃들이 활짝 피어 있었어요.

블루비는 노오란 튤립에게 인사했어요.

"안녕, 넌 정말이지 아름답다."

튤립은 대답했어요.

"고마워. 넌 참 파랗구나.
그런데 넌 누구니? 처음 보는 얼굴인데."

"나는, 어 그러니까 나는… 난…"

블루비는 대답하지 못했어요. 누구도 블루비에게 알려준
적이 없었거든요.

튤립이 말했어요.

"여긴 꽃들이 자라나는 곳이야. 이쪽엔 튤립, 저쪽엔 장미,
그리고… 그러니까 너도 꽃이겠지? 너처럼 파란 꽃은 본
적이 없지만."

'꽃. 나도 꽃이구나…!'

블루비는 설렜어요.

주변의 꽃들은 하나같이 아름다웠고,

이곳에서 유일한 파란 꽃이라는 게 어딘가 특별하게
느껴졌어요.

장미가 호기심 가득한 눈으로 끼어들었어요.

"아냐. 꽃이라면 초록 잎이 돋아있겠지. 앤… 좀
이상한걸."

"이상해…?"

블루비는 왠지 모르게 창피해졌어요.

"내 말은, 뭔가 다르다구 우리들과는."

장미는 고개를 갸우뚱거리며 말했어요.

그때, 프리지아가 산뜻한 향기를 머금고 말했어요.

"벌일 거야. 등 뒤에 날개가 있잖아."

'벌…?'

블루비는 얼떨결에 크게 소리쳤어요.

"그래, 맞아! 나, 난 벌이야…! 그래서 이렇게 날개가 있지!"

장미는 의심스러운 목소리로 되물었어요.

"그래? 벌치곤 너무 커다란데. 이렇게 큰 벌이 어떻게 꿀을 옮긴단 말이야?"

블루비는 일부러 더 큰 목소리로 말했어요.

"할 수 있어! 난 벌이니까! 파란… 벌.
그러니까 내 이름은, 블루비(bluebee)야!"

그렇게 블루비에게 이름이 생겼어요.
누군가 불러준 게 아닌, 스스로 만들어 낸 이름이었죠.

블루비는 곧 날 수 있게 되었어요.

이리저리 꽃들 사이를 바삐 움직이며 꿀을 옮겼어요.

다정한 꽃들과 인사하며 꿀을 맛보는 일은 언제나
즐거웠어요.

꽃들은 항상 친절했고, 블루비의 노랫소리를 좋아해
주었어요.

햇살 가득한 날의 꽃들은 저마다의 색을 빛냈어요.

해가 지고 나면 조금 쓸쓸한 기분이 들었지만,

프리지아의 포근한 향기를 맡으며 잠들었죠.

그러던 어느 날,

늦잠을 자고 있던 블루비의 귓가에 위잉- 하는 소리가
들렸어요.

작은 꿀벌 하나가 프리지아 위를 빙그르르 돌고 있었죠.

"날개, 날개다…! 너 벌이구나…!!"

블루비는 반가운 마음에 높이 날아올랐어요.

"어엇, 아얏!"

평소보다 더 힘차게 날갯짓을 한 블루비는 비닐하우스
천장에 부딪혔어요.

중심을 잃은 블루비가 휘청이며 바닥으로 내려왔어요.

띵한 머리를 문지르고 다시 한 번 벌에게 말을 걸었어요.

"안녕! 난 블루비라고 해. 나도 벌이야! 넌 어디서 왔어?"

벌이 비닐하우스 틈에 난 조그만 구멍을 가리키며
말했어요.

"저 바깥에서 왔지."

블루비는 구멍을 들여다보았지만 너무 작아 아무것도 볼
수 없었어요.

"바깥? 바깥에는 우리 같은 벌들이 많아?"

"많지. 우리들은 무리 지어 함께 사니까. 함께 집을 짓고
꿀을 나르지."

블루비는 기뻤어요. 곧 가족이 생길 수 있을 거란 기대감에
부풀었어요.

"정말이야? 그럼 나도 데려가 줘! 나는 계속 여기 혼자
있었어. 나는 몸집이 크니까 분명 집 짓는 데에도 도움이
될 거야. 꿀도 많이 나를 수 있어!"

벌은 안타까운 표정으로 말했어요.

"쯧쯧… 너 말이야. 넌 벌이 아니야."

"그게 무슨 소리야? 잘 봐. 이렇게 날개가 있는걸!"

블루비는 다시 날아 보였어요. 왼쪽 날개가 조금
욱신거렸어요.

"너 아까 머리가 천장에 부딪힐 정도로 높이 날았잖아.
우리 벌들은 그렇게 높이 날지 않아."

"높이 날면 벌이 될 수 없는 거야?"

블루비의 머릿속이 새하얘졌어요.

"높이 날든, 낮게 날든 넌 벌이 아니야."

"어째서? 난 벌이야! 벌이라고 프리지아가 말해줬어.
날개도 있고, 또 꽃처럼 초록 잎사귀가 달려 있지도 않고,
또, 또…"

소리치던 블루비는 왈칵 눈물이 났어요.

튤립도, 장미도, 프리지아도 벌도 모두 다 미웠어요.

꽃도 벌도 아닌 자기 자신이 누구보다 제일 미웠어요.

"넌 새야."

흐느껴 우는 블루비에게 벌이 말했어요.

"새…?"

울음을 멈추고 물었어요.

"그래, 새."

"새는… 뭘 해…?"

"새들은 하늘을 날아다니지. 저 천장은 비교할 수 없이 높이."

블루비는 천장을 올려다봤어요.

아까 떨어질 때의 아찔한 기분이 다시 떠올랐어요.

"그럼 저 바깥에는 나 같은 새들이 있어?"

"그렇지. 아주 멀리 가야 할 테지만."

"멀리 가야 한다구? 얼마나 멀리?"

"글쎄. 새들은 계절이 바뀌면 늘 어디론가 떠나니까 말이야. 지금쯤 바다 건너 따뜻한 곳을 찾아갔을걸."

블루비는 온몸이 굳는 게 느껴졌어요.

묻고 싶은 게 많았지만 왜인지 입을 뗄 수 없었어요.
벌은 구멍 쪽으로 날아가며 말했어요.

"난 이만 가봐야 해. 돌아가서도 할 일이 많거든."

"저기, 또 와줄 거지…?"

"한참은 못 올 거야. 내가 사는 곳도 꽤 멀어.
꽃향기에 이끌려서 우연히 오게 된 거야."

구멍 입구에 멈춰선 벌은 블루비를 돌아보며 말했어요.

"너, 어쩌면 이곳에 남는 편이 나을지도 몰라.
너 같이 어린 새가 버티기엔 너무 추운 계절이거든.

그치만…
네가 이곳을 벗어나 푸른 바다 위를 날게 된다면,
그건 정말이지…

눈부시게 아름다울 거야."

예은이에게

나는 참 시끄러운 아이였어. 초등학교 땐 빨간색으로
염색을 하고 다녀서 남자애들에게 '빨간 머리 앤'이라고
불렸는데 "빨간 머리 앤, 괴팍한 소녀, 빨간 머리 앤,
무서운 소녀~" 하면서 놀리고 도망가면 "일로 와 니들!!"
하고 소리치고 쫓아가서 등짝 한대씩 시원하게 때리고
그랬어. 장난이었지만 손이 크고 매워서 꽤 아팠을 꺼야.

한번은 같은 아파트 사는 친구 어머님이 찾아오신 적도
있어. 애가 등에 시퍼렇게 멍이 들어서 누가 그랬냐고
했더니 예은이라고 그랬다고. 그 뒤로 그 친구는 안
때렸어 미안해서. 지금이라도 만나면 꼭 사과하고 싶어
미안하다고.

응답하라 1988 본 적 있어? 나는 덕선이처럼 둘째 딸로
태어나서, 위로는 연년생 언니가 있고 밑으로는 5살 어린
남동생이 있어. 삼남매다보니 자기주장 안 하면 내 껀
하나도 안 남아. 언니랑은 별의별 걸로 다 싸웠어. 실내화,
옷, 숨겨둔 용돈, 라면, 밥, 설거지까지. 한 방을 썼으니까
방청소로도 싸우구. 동생은 어려서 싸움에 많이 끼진
못했지만, 저녁 메뉴는 항상 동생이 골랐어. 똥고집이라.
돈까스에 꽂히면 두 달 내내 돈까스를 먹고, 탕수육에

꽂히면 또 두 달 내내 탕수육을 먹고. 생각해보면 그
전쟁통에서 자기 몫을 챙기려는 몸부림이 할 말 다 하는
지금의 성격을 만든 건지도 몰라.

아무튼 그런 치열함 속에서 나는 가수의 꿈을 키우기
시작했어. 근데 아무래도 재능이 없었는지, 번번이
오디션에 떨어졌어. 초등학교 6학년 때 처음 오디션을
봤는데 1차에서 떨어지고, 그 뒤로도 계속 떨어져서
고등학교 2학년이 될 때까지도 받아주는 회사가 없었지.

근데 또 학교에서 댄스동아리도 하고, 항상 가수가 될
거라고 얘기하고 다니니까 - 충고를 가장한 악담을 퍼부은
선생님이 세 분 계셨어.

한 분은 원래 우리 반을 가르치던 선생님은 아닌데,
자율시간 감독으로 들어오셨어. 내가 짝꿍이랑 좀
킥킥거리고 떠들었거든? 그랬더니 나랑 짝꿍 머리를 쿵
쥐어박으면서,

  "이렇게 대가리에 든 거 없이 춤이나 추러 다니다
  커서 뭐가 될래?"

라고 하시는 거야. 솔직히 좀 무안하고 화도 나고 그랬는데
그때 내 짝꿍이,

"선생님, 얘 우리 반 1등인데요."

하니까 얼굴이 귀까지 빨개지셨어. 그때 참 공부하길
잘했다는 생각이 들었어.

또 한 분은 한문 선생님이셨는데 약간은 고지식한
분이셨어. 나를 아끼셨던 거 같긴 해. 볼 때마다 붙잡고
얘기하셨으니까.

"내가 너 같은 애들 많이 봤는데 - 가수 한다 연예인
한다 하던 애들. 다 지금 나이트 클럽에서 서빙한다.
정신 차리고 공부나 열심히 해라."

그쪽 업계에 계신 분들을 비하하려는 건 아니고, 그분은
그러셨어.

마지막 한 분은 고2 때 담임선생님. 어느 날 갑자기
이러셨어.

"예은이는요, 딱 맞는 일이 있어요. 서비스업. 호텔
엘레베이터 타면 올라갑니다 내려갑니다 하는 거
있죠? 얼굴도 반반하고 잘 웃고 서비스 업이 딱이에요."

마찬가지로 그 직업을 비하하려는 건 아니야.

이 세 분의 말은 십 년이 더 지난 지금도 꽤 선명하게 기억
속에 남아있어. 왜일까, 왜 가수가 되고 난 후에도 계속
생각이 날까 고민해봤는데 그건 내가 그 자리에서 아무
말도 못 했기 때문이었어.

　　"아니요, 저 춤만 추는 거 아니고 공부도 열심히 해요."
　　"아니요, 저 열심히 해서 제 꿈 이룰 거구요.
　　꼭 가수가 될 거예요."

라고 얘기하지 못해서.

그 당시엔 내가 봐도, 회사가 있는 것도 아니고 특출나게
노래를 잘하는 것도 아니고. 스스로에 대한 확신이 없었어.
지금의 내가 타임머신을 타고 그때로 돌아간다면 분명하게
말씀드릴 수 있겠지. 나는 가수가 된다구.

그 이후 나는 원더걸스로 데뷔를 하고, 이제는 핫펠트라는
이름으로 음악을 하고 있어. 핫펠트라는 이름이
낯설고 생소할 거야. 핫펠트는 heartfelt - 진심 어린,
마음으로부터의 라는 뜻을 가진 영어 단어에서 출발했어.
항상 마음을 움직이는 가수가 되는 게 내 꿈이었거든.

2011년도에 원더걸스 앨범에 곡을 싣게 되면서 그냥
예은으로 싣는 것보다 프로듀서 네임을 지으면 어떠냐고

누가 그러더라구. 누군지는 기억이 안 나지만, 그래서
뭐하지 뭐하지 찾아보다가 우연히 이 단어를 찾았는데
너무 좋은 거야.

그때 박진영 피디님이 어감이 좀 부드럽다면서 다르게
바꿔보라고 하시길래 어떡하지, 하다가 한글식으로 읽으면
핫펠트가 되니까 영어로 hot; 뜨거운, 이라는 뜻을 섞어서
ha:tfelt라는 이름을 짓게 된 거지. 완전 중2병스런
이름이야, 그지?

그렇게 항상 핫펠트라는 이름으로 곡을 싣다가, 2014년에
솔로 앨범을 내게 됐어. 일곱 곡을 준비해서 회사에
들려줬는데, 다들 난감해했어. 노래들이 너무 우울하고
어둡다. 원더걸스 예은에게 사람들이 기대할 음악이
아니다. 멘붕이 왔어. 난 그 일곱 곡이 너무 좋았으니까.

데뷔 초에 박진영 피디님이 하신 말씀이 있었어. 예은이
너는 흑과 백이 물과 기름처럼 섞이지 않고 공존하는 사람
같다고. 대부분의 사람들은 조금씩 섞여서 밝거나 짙은
회색을 띠는데 너는 그렇지가 않다고.

그 말이 참 맞는 거 같은 게 나는 정말로 밝은 사람이기도
하지만, 가장 어두웠던 시기에 음악을 접했거든. SES,
핑클을 보며 아이돌의 꿈을 키우면서도 자우림, 디제이

디오씨 노래가 가슴에 박혔었어.

어쨌든 이렇게 내면 망할 거 같다고 하셔서 – 망하든 말든 나는 이대로가 좋으니까, 핫펠트로 내고 싶다고 했어. 이 음악이 사람들이 기대하는 원더걸스 예은이 아닐 수는 있겠지만 이게 나니까. 내가 보여주지 않았던 어두움일 뿐이니까.

원더걸스 예은이 핫펠트가 되는 과정은, 아무것도 아닌 여고생 예은이 원더걸스 예은이 되는 것만큼 길고 어렵고 불확실해. 주변의 걱정을 사고, 충고 섞인 악담과 비웃음을 사.

　"그냥 예은 하지 웬 핫펠트야."
　"그냥 대중적인 거 하지 무슨 자기 색깔 자기 음악이야."
　"그냥 JYP에 있지 무슨 아메바야."

나름대로 익숙해. 10년 전에 지겹게 들었던 말이라서. 그 말 안에는 진심과 고민은 없어. 쉬운 말일뿐이지. 물론 나는 말의 힘을 믿어. 내 고등학교 시절에 위에 언급한 세 분의 선생님들만 있었다면, 어쩌면 포기했을지도 몰라. 그런데 단 한 분, 희망과 용기를 준 선생님이 계셨어.

고1 담임 선생님이셨던 주진 선생님. 시험 성적표가

나오는 날이었고, 나한테 성적표를 주시면서 이렇게
말씀하셨어.

"예은이는 우리 학교 최초로 서울대에 입학한 가수가
될 거야."

물론 서울대는 못 갔지만. 꿈을 포기하지 말라는 그 말씀이
큰 힘이 된 거야.

나는 핫펠트가 되고 나서 아메바를 만났어. 내 음악을 하고
싶다는 의지가 아메바컬쳐를 만나게 해준 거지. 또 얼마
전에는 한 인터뷰가 나가면서 엄청나게 욕을 먹었는데,
전혀 가깝지도 멀지도 않았던 친구가 인터뷰 멋있다고
응원한다고 연락이 왔어. 왠지 힘이 났어.

내 생각을 밝힌다는 건, 나와 같은 생각을 하는 사람들,
나와 비슷한 사람들을 만나게 해주는 큰 힘이라고 생각해.

나이가 들수록, 어른이 되어갈수록 우린 점점 작아져. 꿈을
지지해주고, 희망을 주는 이들보다는 "그냥 ㅇㅇ 하지 웬
ㅁㅁ야" 하는 충고들이 많아지지.

그럴 때 우리는 스스로에게 얘기해주어야 해. 그들에게도
말해주어야 해. 난 할 수 있어. 난 잘하고 있어. 내 길은

내가 스스로 만들 거야, 라고.

'Boys be ambitious!' 소년들이여 야망을 가져라. 참 멋진 말이야. 우리 소녀들에게도 꿈이 있지. 다만 우리는 좀 더 망설이고 고민해.

Girls, be loud.

더 세상에 소리치고 시끄러워져도 돼. 더 소리 내서 꿈을 현실로 만들어. 나 자신을 믿고 사랑해줘. 그리고 너의 이야기를 들려줘.

세상에 맞서는 게 두려운 또 다른 예은이에게.

13. Sky Gray

Haven't seen the sun, so many days
Haven't felt the light on my flesh
Though it gets a bit of red
It's all gray on my mind

Haven't u learned all these years
Nothing lasts forever
So this thing will disappear at last
The gray on my mind

Trees and flowers lose their colors
Could I see them back before I, I

Sky gray
Sky gray
Sky gray on my mind
Sky gray
Sky gray
Sky gray on my mind

Would be better if it rains
Nothing comes down to my chest
If I hear some raindrops
I could cry

Hard to tell the time I'm livin'
Does it matter anyway, nah
Humming in the hazy room
I might cry

Birds are gone now without goodbyes
Could I see them back before, I

Sky gray
Sky gray
Sky gray on my mind
Sky gray
Sky gray

Sky gray on my mind

Am I dreamin', dreamin'
Feel like drownin', drownin' deep
Oh, is there a god hearing me
Take me home
Am I breathin', breathin'
Feel like losing, losing all senses
If u care just a little,
bring me home

Am I dreamin', dreamin'
Feel like drownin', drownin' deep
Oh, is there a god hearing me
Take me home

Sky gray
Sky gray
Sky gray on my mind
Sky gray
Sky gray
Sky gray on my mind

Am I dreamin', dreamin'
Feel like drownin', drownin' deep
Oh, is there a god hearing me
Take me home
Am I breathin', breathin'
Feel like losing, losing all senses
If u care just a little,
bring me home

죽음에 대하여

우리는 때때로 죽음을 마주한다. 태어난 이상 누구도
죽음을 비켜갈 수 없다. 죽음이 있어 삶이 아름다운
것이라고 누군가는 말한다.

나에게는 절대 잊혀지지 않을, 신을 원망하게 한 죽음이
있다. 다운이는 전교 1, 2등을 하던 수재였다. 고3
올라가는 겨울, 어느 대학에 가야 할지 설레는 마음으로
대학 견학을 하다가 쓰러진 그는 뇌종양 판정을 받았다.

계속된 항암 치료로 얼굴과 온몸이 퉁퉁 부어있던 그와
눈을 마주치고 인사하려면, 우리는 돌아가며 그의 좁아진
시야 안으로 들어가야 했다.

그는 밝았다. 사인회에서 만나는 여느 팬들처럼, 우릴
보며 울고 웃었다. 얼른 나아서 우리 공연을 보고 싶다고,
그래 꼭 와야 한다고 했다. 누나들이랑 영화도 보러 가고
싶다고, 그래 그러자, 영화 보러 꼭 가자고 했다. 지킬 수
없는 약속인 걸 알면서도 한참 동안 많은 약속을 했다.

2013년 11월 7일. 다운이는 별이 되었다. 친구들의 수능
시험 날이었다.

처음으로 겪은, 나보다 어린 이의 죽음이었다. 이건 분명 뭔가 잘못된 것이다. 이러면 안 되는 거였다. 더 많은 걸 누렸어야 했다.

대학도 가고, 캠퍼스를 누리며 연애도 하고 술도 마셔보고 해외여행도 가봤어야 했다. 최소한, 적어도 수능 시험은 치를 시간이 주어졌어야 마땅했다. 슬픔과 안타까움만으로는 그의 죽음을 이해하기에 턱없이 부족했다.

신은 가혹했다. 다운이를 떠나보낸 이후로도 수없이 많은 불공평한 죽음을 목격했다.

어떤 이들은 병으로, 어떤 이들은 사고로 별이 되었고 어떤 이들은 스스로 세상을 등졌다. 아름다운 사람들이었다. 너무 이른 이별이었다.

죽음이 있어 삶이 아름답다는 건 낭만주의자들의 헛소리에 불과하다. '가인박명'이라는 옛말처럼 아름다운 사람들이 먼저 떠났고, 그들의 삶은 죽음 없이도 아름다웠다.

썩어 문드러져 마땅한 이들은 인간의 법을 피해, 신의 벌을 피해 세상을 다 가진 듯 으스대며 살아갔고, 마땅히 삶을 누렸어야 할 어린 영혼들은 우리 곁을 떠났다.

아무것도 할 수 없는 나는 신에게 빌었다. 그들을
살려달라고, 지켜달라고 간절히 기도했다. 소름 끼치도록
잔인한 신 앞에 나의 기도는 닿지 않았다.

2019년 겨울.

마리 언니는 친구끼리 위치를 공유하는 어플을 보냈다.
몇몇 친구들은 나의 안부를 물었고, 날 사랑하는 이들이
많다는 걸 기억하라고 했다. 엄마는 갑자기 결혼은 언제
할 거냐고, 내가 낳은 딸 아들이 보고 싶다고 했다. 그들은
죽음이 나를 덮칠까 두려워했다.

사실 그랬다. 어느 날 심겨진 죽음이라는 씨앗은 마음 속
깊이 뿌리내렸고, 가지를 쳐내고 잘라내도 덩굴처럼 엉겨
붙었다.

모든 걸 끝내고 싶은 날이 있었다. 여기서 멈췄으면,
이대로 끝났으면 하고 바라던 순간들이 있었다. 제발 나
좀 데려가 달라고 울부짖던 나날들이 있었다. 신은 듣지
않았다.

나는 다운이보다 긴 나의 삶이 때론 창피하다. 제대로
피기도 전에 져야 했던 그의 삶 앞에 모든 것이 부질없게

느껴진다.

죽음은 언젠가 나를 찾아오겠지. 이미 짧지 않았던 나의
삶을 내려놓는 건 두렵지 않다. 다만, 창피하고 싶지 않다.
떠난 이들을 위해, 남겨진 사람들을 위해, 내가 할 수 있는
일들을 해내고 가고 싶다.

아직은 숨 쉬고 있으므로.

14. How to love

자꾸 어린애가 돼
네게 안겨 있을 때면
왠지 모를 심술이 나
들키고 싶지 않은 맘
baby give me love give me love 날 더
사랑해 줘 'cause I'm so insecure
just give me love give me love 네게 늘
어른인 척해도

아직 서툴러
when it comes to love
맘이 널 더
원할수록
if u just give me some time
내 곁에 있어 준다면
알게 될지도 몰라
how to love u

다시 어린애가 돼
울고 싶어 네가 없는 날
태연한 척 굴어봐도
막연한 불안이 맘을 헤집어

is it love? is it love? 이건
사랑일까, 이라면, what is love?
I'm sick of love sick of love
지겹게 해봤다 했지만

아직 서툴러
when it comes to love
맘이 널 더
원할수록
if u just give me some time
내 곁에 있어 준다면
알게 될지도 몰라
how to love u

어색해 사랑받는 느낌
넌 전부 자연스러운데
난 겨우 꺼내 I think I'm in love
그래도 조금만 더 내 곁에
있어 준다면
알지도 몰라
how to love u

"Love is patient, love is kind.
Love is never jealous, boastful, proud, or rude.
Love isn't selfish or quick tempered.
Love is always supportive, loyal, hopeful, and trusting.
Love never fails."

사랑은 언제나

그의 영혼에 이름이 있다면 분명 '사랑'일 것이다. 그는
언제나 오래 참고, 언제나 온유하며, 시기하지 않고
교만하지 않는다.

처음 그를 보았을 땐, 사랑에 빠지긴 어려울 거라고
생각했다. 차분한 목소리에 변함없이 웃고 있는 표정, 어떤
이야기든 끝까지 관심을 가지는 태도. 언제나 자극을 좇던
내게 그는 무자극, 무독성의 청정인간(?) 같았다.

발코 언니는 그가 오트밀 같은 남자라고 했다. 그동안
마라탕, 엽떡 같은 남자들 만나서 탈이 난 거라고, 이
오트밀 같은 남자가 진정으로 필요한 걸 채워줄 수 있을
거라고 했다. 사랑에 대한 관점이 바뀌게 될지도 모른다고
했다.

내게 사랑이란 불타오르는 것, 짜릿한 것, 끝은 고통스러운
것이었다. 상대방을 떠올리면 가슴이 저릿해야 사랑.
그를 위해 모든 걸 포기할 수 있어야 사랑. 나의 사랑은
항상 열정으로 시작해 의심과 집착으로 끝이 났다. 그렇지
않으면 사랑이 아니라고 여겨 죄책감을 느끼고 헤어짐을
고했다. 나는 사랑을 곡해하고 있었을지도 모른다.

그는 만난 지 3일 만에 "사랑해"라고 말했다. 나는 그런 말 함부로 하는 거 아니라고 밀어냈다. 그는 자신이 느끼는 감정은 사랑이니까, 사랑한다고 말하겠다 했다. 네가 느낄 때 천천히 말해줘도 된다고 했다.

아주 나중에 오랜 시간이 지나면 말해줘야지 생각했지만, 어느 날 자연스럽게 "나도 사랑해" 하고 대답해버렸다. 사랑이 스며들고 있었다.

좋아하는 음식부터 영화 취향까지 모든 게 달랐지만, 언제나 대화 속엔 웃음이 끊이지 않았다. 그는 신경질적이고 감정기복 심한 나의 모습을 귀여워했고, 나는 섬세하면서도 꼼꼼하진 않은 그가 사랑스러웠다.

그는 나의 모든 이야기를 들어주었다. 눈물을 참을 때면 안아주었다. 가끔은 나보다 더 많이 울어주었다. 하루하루 텅 비었던 마음이 채워졌고, 더는 아무것도 필요치 않았다.

늘 그렇듯 우리에게 가장 필요한 것은 사랑이다. 변함없는 지지와 충실함과, 끝없는 희망과, 온전한 믿음. 그것이 우리를 다시 살게 한다.

사랑은, 언제나 이긴다.

에필로그

삶은 전쟁이다.

곧 출산을 앞둔 고우리에게도,
LA에서 자라나 서울에서 일하는 두이에게도,
잠실 고급아파트 살면서 누구보다 열일하는 강민이에게도,
홀로 아이를 키우는 고은 언니에게도,
공황장애로 버스에 오르는 게 두려운 요셉이에게도,
부모님 두 분 다 돌아가시고 오래 키운 고양이마저
떠나보낸 발코 언니에게도,
누구의 고통이 크고 작은가를 논할 수 없는
하루하루가 벅찬 전투 현장이다.

나의 하루가 거칠어질 때,
그들을 떠올린다.
고통이 아니라 사랑을 떠올린다.
기꺼이 내어준 마음, 그 따스함을 되새긴다.

전쟁 같은 이 책 속에 그 사랑이 조금은 담겨 있기를,
글을 읽는 모든 사람에게 상처보다는 치유가 되기를,
진심으로 기도한다.

그녀에게

당신의 메세지를 받은 때로부터 많은 시간이 지났습니다.
답장을 하지 못해 오래도록 괴로웠습니다. 무슨 말을 건네야
할지, 어떤 말로도 부족할 것 같아 두려웠습니다. 용기가
부족했던 저를 용서해주세요.

이 책을 보게 되신다면, 다시 한번 제게 메세지를 보내 주실 수
있을까요? 못다 한 말을 전하고 싶습니다.

늘 건강하고 평안하시길 기도합니다.

우리 가족에게

엄마, 언니, 그리고 요셉이.
우리 가정사가 나로 인해 세상에 알려져서,
세 사람이 보냈을 힘든 시간에 진심으로 미안해.
나 아픈 것만 들여다보느라 가족들 고통을 보듬지 못했어.
그리고 또다시, 이렇게 글을 써서 –
남들이 몰라도 될 이야기까지 꺼내 놓아서
세 사람을 내가 아프게 하는 걸까 봐 미안하고.
전부 드러내야만 직성이 풀리는 나라서 정말로 미안해.

난 이 글을 쓰면서 나아졌고 강해졌어.

내 걱정은 이제 안 해도 돼.

세 사람이 있어서 버틸 수 있었다는 거,

꼭 알아줬으면 좋겠어.

미안하고 고맙고 사랑해.

여기까지 읽어준 당신에게

끝까지 함께 해줘서 고마워요.

두서없이 이리저리 튀는 글들,

버텨낸 사람 많지 않았을 거예요.

혹시 당신도 나의 1719처럼

길고 어두운 터널 속을 지나고 있다면,

끝까지 버텨주길 부탁해요.

2020이 분명, 오고 있으니까요.

1719

초판	1쇄 발행 2020년 7월 23일
	2쇄 발행 2020년 11월 23일
지은이	핫펠트 (HA:TFELT)
펴낸이	박현민
편집	김연지 반재윤
아트워크	김지윤 (@jyoomn)
펴낸곳	우주북스
등록	2019년 1월 25일 제312-2019-000011호
전화	02-6085-2020
팩스	0505-115-0083
전자우편	gato@woozoobooks.com
인스타그램	instagram.com/woozoobooks
홈페이지	www.woozoobooks.com
ISBN	979-11-967039-6-7

『이 도서의 국립중앙도서관 출판예정도서목록(CIP)은 서지정보유통지원시스템 홈페이지
(http://seoji.nl.go.kr)와 국가자료종합목록 구축시스템(http://kolis-net.nl.go.kr)에서
이용하실 수 있습니다. (CIP제어번호 : CIP2020028793)』